Bilionário Insistente

Misha Bell

♠ Mozaika Publications ♠

Capítulo 1

Sophia

— **E**le me deixou *tudo*? — Olho para o Sr. Cohen, o advogado do meu falecido pai, como se ele estivesse prestes a brotar raios de seus olhos.

Achei que meu pai iria me deixar algumas fotos, ou o anel da minha avó, ou uma boneca assustadora que ganha vida à noite. Não todos os seus bens terrenos. Dos quais, aparentemente, havia muitos.

— Seu pai era órfão e filho único. — Cohen gesticula em torno de seu escritório monótono como se as respostas pudessem ser escritas em um dos muitos diplomas que decoram as paredes bege. — Quem você esperava que estivesse em seu testamento?

Dou de ombros. Sua nova esposa? Seus filhos, se tivesse algum? Certamente não a filha que se recusou a vê-lo durante toda a vida até um mês atrás. Mesmo assim, só nos encontramos uma vez para um almoço super estranho antes de ele sumir. Ou assim pensei.

Acontece que ele faleceu... e, pelo que sei, agora, sumiu de vez, e talvez ronde esta sala como um fantasma, nos observando.

OK, isso foi de mau gosto. Isso só mostra que eu provavelmente não deveria estar em seu testamento. Inferno, eu nem fui ao funeral dele porque mal conhecia o cara e não sou boa com coisas relacionadas à morte.

— Conheço Theodore desde antes de você nascer — diz o Sr. Cohen suavemente. — Ele realmente se importava com você.

— Então, por que ele não estava na minha vida? — Pergunto amargamente.

É um assunto que discutimos durante nosso único encontro, mas meu pai continuou direcionando a conversa para mim e meus estudos, então, nunca obtive nenhum tipo de resposta real.

Cohen suspira. — Sua mãe tinha sua custódia total e não permitiu que Theodore se aproximasse de você. Ela até conseguiu uma ordem de restrição – completamente desnecessária, devo acrescentar.

— O quê? Não! Isso não pode ser verdade. — Tem tanta coisa mal contada aí que nem sei por onde começar. — Minha mãe é viciada em drogas. Tenho quase certeza de que ela também era naquela época. Como ela poderia obter a custódia ao invés do pai rico?

Cohen dá de ombros. — Theodore não era particularmente rico naquela época, e os juízes muitas vezes têm uma tendência a favor da mãe. Seu pai sabia que Eleni era viciada, mas de alguma forma ela passou no teste de drogas exigido pelo tribunal. Então, ela distorceu a história dela com seu pai para fazê-lo parecer controlador e abusivo. Todas as suas tentativas de conseguir ajuda para ela foram consideradas exemplos de sua natureza controladora. Ela alegou que ele a enganou quando a trouxe da Grécia para a América, e que seu objetivo final era separá-la de seus amigos e familiares lá, para que ele pudesse isolá-la e mantê-la sob seu controle. Nada disso era verdade, é claro, mas...

— Mas ela não tem amigos ou familiares na Grécia — digo, percebendo a discrepância mais gritante.

Pelo menos foi o que minha mãe me disse, quando conversamos.

Cohen assente. — Não estou surpreso. Ela contou muitas mentiras durante o processo judicial, mentiras que prejudicaram seu pai tanto pessoal quanto profissionalmente. Ele levou muitos anos para se recuperar dos danos – tanto emocionais quanto financeiros – que sua mãe lhe infligiu.

Minha cabeça está girando. Mentiras. Então, tantas mentiras. Minha mãe me disse que meu pai era horrível. Que ele nos abandonou por sua outra família. Mas é claro que não havia outra família; caso contrário, eu não estaria aqui como a única beneficiária de seu testamento. E o pior é que não estou particularmente surpresa ao saber de nada disso.

Minha mãe sempre foi uma mentirosa

manipuladora. Por que nunca me ocorreu questionar suas afirmações sobre meu pai?

É como se, em algum nível, eu estivesse com raiva dele por não estar lá para me proteger dela.

— Então, de qualquer maneira — diz Cohen —, assim que você teve idade suficiente, seu pai tentou entrar em contato com você.

Sinto um aperto na garganta quando penso em todas as vezes em que rejeitei meu pai, graças às coisas venenosas que minha mãe me contou sobre ele ao longo dos anos. Coisas que, agora estou percebendo, são falsas.

— Lamento não ter ido no funeral — Murmuro.

Cohen descarta isso. — Theodore não era um homem religioso. Conhecendo-o, ele provavelmente diria que estava morto naquele momento, então, quem se importa com quem apareceu? Conhecer você naquele almoço realmente iluminou o fim da vida dele, e sei que ele gostou disso. Ele me disse.

Meus olhos lacrimejam por causa de toda aquela poeira estúpida que permeia este escritório. — Eu gostaria que ele tivesse me contado que estava doente.

O advogado me olha com pena. — Ele provavelmente não queria te sobrecarregar.

Eu mordo meu lábio. — Tudo o que conversamos foi sobre meu diploma de Filosofia. Nunca sobre ele.

— Tenho certeza de que ele gostou de ouvir sobre seus estudos — Sr. Cohen me tranquiliza. — Ele pagou por eles, afinal.

Eu franzo a testa para ele. — Eu tenho uma bolsa de estudos.

Seu sorriso é pálido. — Você quer dizer a bolsa da Fundação DIBT?

Eu fico olhando para ele. — Não... mesmo?

— Eu ajudei seu pai a cuidar de toda a papelada. Essa Fundação foi criada pensando em você.

Meu ambiente sem graça de repente parece surreal. — Se ele se importava tanto comigo e tinha tanto dinheiro, por que cresci tão pobre?

Pobre é um eufemismo. Certa vez, ganhei uma meia de segunda mão da fada dos dentes.

Cohen dá de ombros. — Ele enviou quantias exorbitantes como pensão alimentícia para sua mãe.

Minha mãe. Claro.

Eu cerro os dentes. Isso explica muita coisa. Por exemplo, por que mamãe estava tão nervosa no meu aniversário de dezoito anos. Ela sabia que os cheques do meu pai e, portanto, as drogas, parariam de chegar. Também deve ser por isso que ela abriu todos aqueles cartões de crédito em meu nome naquela época.

Não é a primeira vez que me pergunto quão diferente seria a minha vida se eu tivesse conseguido sair do canal de parto de outra pessoa há vinte e quatro anos. Da mesma forma, a Mamãezinha Querida teve escolha o tempo todo – e, portanto, nenhuma desculpa para sua horrível criação de filhos? Ou o livre arbítrio é uma ilusão e, nesse caso, talvez eu pudesse dar um tempo a ela?

— Você gostaria que eu lesse o testamento para você? — Cohen oferece gentilmente.

Huh. Outro tipo de escolha. — Claro.

Ele o faz e, enquanto ouço, minha cabeça gira – especialmente quando ele chega à parte dos dez milhões de dólares do meu fundo fiduciário.

Quero dizer, quando nos conhecemos pela primeira vez, meu pai me levou a um restaurante chique e não parecia muito precisar de dinheiro, mas eu não sabia que ele era um milionário com uma lista de bens maior do que a minha recente tese em Kant. É tão longa que percebo que me desliguei do Sr. Cohen por alguns segundos, e ele ainda continua – o que é uma loucura.

— Por último — Continua o Sr. Cohen. —, ele queria que eu garantisse que você se tornasse zeladora da casa dele em Westchester, ou mais especificamente, de suas amadas tartarugas que residem lá, Donatello e April.

— Tartarugas? — Pisco para o Sr. Cohen, me perguntando se a leitura do testamento causou um curto-circuito em meu cérebro.

— Ou cágados — diz ele. — Não tenho certeza de qual é a diferença.

— Nem eu. — O que eu sei é que Donatello é o nome de uma das Tartarugas Ninja, que – como o nome indica – não são tartarugas. Por outro lado, April é o nome de uma repórter humana que faz amizade com as Tartarugas Ninja, então, usando as habilidades que aprendi em um curso de lógica, eu deveria ter a guarda de humanos despencando em minha casa, e não répteis.

— De qualquer forma, você pode querer visitar a casa em breve e se encontrar com seus novos pupilos, bem como com os funcionários de lá. Além disso, você pode querer pensar sobre as implicações financeiras de sua nova situação.

Sentindo-me sobrecarregada, eu assinto.

— Me ligue se precisar de alguma coisa.

Assinto novamente e fico de pé, com os joelhos bambos.

— Boa sorte para você com tudo — diz ele.

Em uma névoa, viro-me para sair.

Por direito, eu deveria estar feliz por ter ficado rica de repente, mas sinto tudo, menos isso.

Agora que tenho evidências irrefutáveis de que meu pai se importava comigo, me sinto péssima porque, durante toda a minha vida, pensei o contrário. Se o dinheiro pudesse comprar uma máquina do tempo, eu gastaria qualquer quantia para voltar e comparecer ao funeral do meu pai. Melhor ainda, eu diria ao meu eu mais jovem para realmente conhecê-lo, porque agora eu realmente gostaria de conhecê-lo, mas é tarde demais.

Além disso, o dinheiro que acabei de herdar vem com muitas responsabilidades para as quais não me sinto preparada – e não me refiro apenas a Donatello, que pode ou não ser uma tartaruga que conhece ninjutsu, e April, que pode ser ou não uma mulher humana que se parece com Megan Fox. Tendo sempre sido pobre, temo que acabe de alguma forma desperdiçando minha herança recém-adquirida, como fazem alguns ganhadores de loteria.

Talvez eu devesse fazer algumas aulas no departamento de finanças pessoais? Aprender sobre investimento inteligente?

Uma coisa é certa: para o melhor ou para o pior, minha vida mudou para sempre.

Capítulo 2

Mason

— **P**or que você não terminou o acordo com Theodore antes de ele falecer? — Landon pergunta.

Obrigado, Sr. Óbvio. — Eu estava prestes a fazê-lo. Mas, então, sua condição piorou repentinamente, não houve oportunidade.

Quer dizer, acho que poderia ter pressionado mais, mas Theodore já tinha problemas suficientes para lidar, então não o fiz.

— E você acha que a filha vai negociar contigo?

— É por isso que estou aqui. — Olho ao redor da sala de espera do escritório de advocacia e me arrependo de ter feito isso instantaneamente.

Tem um cara aqui que está abotoando e desabotoando a camisa.

Tão nojento. Odeio botões. Eles são nojentos, sendo constantemente tocados pelos dedos de todos e engolidos por crianças que os eliminam no cocô – isto é, a menos que fiquem presos no intestino para sempre.

Desviando o olhar, respiro fundo para me acalmar, assim como meu terapeuta me ensinou. Lembro-me que os botões são objetos benignos. Esta é apenas minha *koumpounophobia* fodendo com meu cérebro. É uma condição rara que geralmente faz você temer botões, mas como não tenho medo de nada, sinto nojo.

— No escritório de advocacia? — Landon esclarece, me trazendo de volta à realidade.

— Sim. Pretendo fazer uma oferta a ela. E terei que ser extremamente cuidadoso para ser muito civilizado com a mulher, apesar de como ela tratou o pobre Theodore.

Inferno, por meu time, eu faria um acordo com o diabo se fosse necessário. Isso é *muito* importante para mim.

— Que má ideia — diz Landon.

— Por quê? — Irritado, aperto meu telefone na mão, mas me forço a relaxar. Provavelmente ainda são os malditos botões que estão apertando meus 'botões', não Landon.

Meu aperto afrouxa.

Melhor. Assim como os tacos de hóquei, os telefones precisam ser segurados com firmeza, não esmagados – algo que aprendi da maneira mais difícil, uma vez destruindo um iPhone.

Curiosidade: se não fosse pela *koumpounophobia*, o iPhone talvez nem existisse. Steve Jobs tinha a mesma fobia, e presumo que foi por isso que ele não queria botões em seus dispositivos – daí a tela sensível ao toque.

Landon suspira. — Como você sabia onde ela estaria e a que horas?

Minha capa de telefone range. Acho que ainda não superei totalmente aquele avistamento do botão – ou o jeito irritante de Landon está ficando cada vez mais difícil de ignorar. — O advogado é um grande fã dos Yetis, caso contrário eu não saberia sobre o destino do time.

Tudo o que me custou foram alguns ingressos de final de temporada.

Pelo canto do olho, vejo o homem mexendo na camisa novamente.

Idiota. Eu gostaria que fosse socialmente aceitável ir até um estranho e arrancar seus botões.

— E as pessoas questionam *minha* inteligência emocional — Landon murmura.

— Estou prestes a desligar. — Destruindo outra porra de telefone.

Quando Landon diz que as pessoas questionam sua inteligência emocional, o que ele provavelmente quer dizer é que o comparam a Patrick Bateman, o serial killer de *Psicopata Americano* que usa terno.

— Basta olhar para isso da perspectiva dela — diz Landon. — Você aparece lá como um perseguidor estranho e...

— Este é o escritório do meu advogado também. Um perseguidor esperaria dentro do apartamento dela.

Landon suspira. — Ela acabou de perder o pai. E ela

só está sabendo sobre o testamento hoje. Duvido que ela esteja com vontade de discutir qualquer tipo de assunto.

Como se as palavras de Landon não fossem irritantes o suficiente, o cara dos botões está de volta, com mais vigor desta vez.

Por que isso é OK?

É mais nojento do que pegar fiapos no umbigo em público.

— Oh, por favor. — Apesar dos meus melhores esforços, minha voz se eleva. — Ela o evitou todos esses anos, mas assim que ele ficou doente, lá estava ela. Você acha que ela estava interessada na reconciliação? De jeito nenhum. Ela nem foi ao funeral dele. Tudo o que ela queria era o dinheiro, como um abutre caçador de ouro.

Ouço um suspiro indignado próximo.

Ah, caralho.

Com uma sensação de afundamento, sigo o som.

Sim. Meus planos estão queimados porque lá está ela, a mulher que eu sabia que estaria aqui.

A mulher que eu precisava encantar para que ela me vendesse meu time.

Capítulo 3

Sophia

Um minuto antes

Ainda atordoada, examino os arredores.

Há dois homens esperando aqui: um corpulento e bigodudo lendo uma revista e brincando com os botões da gola da camisa, e um espécime alto, taciturno e de ombros largos que segura o telefone com força.

Oh, rapaz.

Aquele aperto.

Isso de novo não.

Mas sim. Lá vou eu, ficando molhada, com calor e incomodada com a simples visão disso.

O que há de errado comigo? Você pensaria que depois de tudo o que passei naquele escritório, momentos sensuais seriam a última coisa em minha mente, mas parece que a coisa estúpida do punho nunca é desligada.

Na verdade, sou uma pessoa pacífica – uma pacifista, na verdade – e não sou particularmente excêntrica, pelo que posso dizer, então, não tenho ideia de por que a visão do punho de um homem faz comigo o que o Viagra faria com um adolescente com tesão. Ah, e o punho preso a um homem lindo como esse torna a situação infinitamente pior.

O cara tem olhos cinzentos penetrantes, um nariz forte – embora já quebrado –, uma mandíbula poderosa e cílios pelos quais eu venderia minha alma. E, por alguma razão, ele está vestindo um agasalho, o que devia fazê-lo parecer um rapper ou mafioso da velha escola. Aos meus olhos, porém, ele se parece com um viking. Talvez seja o cabelo loiro comprido? Ou a ferocidade que ele exala?

Se fizermos perguntas aleatórias, como a atração realmente funciona? "Ser gostoso" é objetivo ou subjetivo? Todos nós podemos escolher quem consideramos "gostoso" ou essa é apenas outra maneira de formular a questão sobre o livre arbítrio?

Que seja. Eu engulo o excesso de líquido em minha boca e desejo que houvesse um equivalente na boceta para engolir. Assim como acontece com os punhos, apesar de detestar a violência e tudo o mais que os vikings representam, considero-os infinitamente fascinantes. E não tenho orgulho disso, mas às vezes fantasio sobre como seria rolar no feno com um... gritando o nome de Odin enquanto tenho um orgasmo.

Tudo bem, talvez eu tenha uma tara. Ou duas.

— Este é o escritório do meu advogado também — Rosna o viking sexy. — Um perseguidor esperaria dentro do apartamento dela.

Quem é essa "ela" e por que sinto ciúme?

— Oh, por favor — O viking responde a tudo o que ouve do outro lado da linha, seus olhos cinzentos brilhando como aço. — Ela o evitou todos esses anos, mas assim que ele ficou doente, lá estava ela.

Espere um segundo. É minha consciência culpada falando ou ele está...

— Você acha que ela estava interessada na reconciliação? — Ele continua. — De jeito nenhum. Ela nem foi ao funeral dele.

Caralho. O bruto *está* falando de mim. Mas...

— Tudo o que ela queria era o dinheiro, como um abutre caçador de ouro.

Um suspiro escapa dos meus lábios e todos os vestígios de excitação evaporam, deixando-me mais seca que uma ameixa seca no deserto.

O idiota do viking faz contato visual comigo, e uma montanha-russa de emoções passa por suas feições, nenhuma delas culpa pelo que ele disse.

Principalmente, ele parece desapontado por ter sido pego.

Agindo por puro instinto, diminuo a distância entre nós, cutuco seu peito largo com o dedo indicador e sibilo: — Como ousa?

Capítulo 4

Mason

Alguns segundos antes

Então, esta é a filha do Theodore? Ela se parece com qualquer caça-dotes que já tentou me seduzir: alta e esbelta, com traços faciais perfeitamente simétricos, seios grandes, cabelos castanhos exuberantes, lindos olhos castanhos... e a atitude de um texugo. A única incongruência é a roupa dela: em vez de alta costura, ela está usando um vestido vermelho simples com bolinhas pretas, como uma joaninha sexy no Halloween. Felizmente, não há botões à vista. As caça-dotes tendem a usar roupas com muitas dessas coisas horríveis. Essa mulher também tem um cheiro diferente da maioria das caça-dotes que conheço – que parecem se banhar em perfumes sofisticados que fazem cócegas no nariz. Em vez disso, detecto manga suculenta e melancia de dar água na boca, mas isso pode ser minha sede pregando peças.

Estreitando os olhos de forma assassina, ela corre em minha direção, assim como o Número Vinte fez outro dia – e ele acabou ficando de fora o resto do jogo na caixa de pênalti.

Cutucando-me com seu dedo fino, ela diz: — Como ousa?

A vontade de lamber aquele dedo é forte, o que é uma ideia tão idiota quanto falar merda sobre ela onde ela pudesse me ouvir.

— Landon, eu te ligo de volta. — Desligo e olho para o dedo e para a mulher presa a ele. — Se você fosse um cara, perderia esse dedo.

Ela recua e percebo que estou lançando a ela o olhar que costumo dar aos jogadores do time adversário no gelo.

Grande começo. O que vem a seguir, cuspir nela? Falar merda sobre a mãe dela? Dizer que há vinte e cinco bolinhas cobrindo seus seios?

— Você é uma besta. — Ela puxa o dedo de volta e cola a mão ao lado do corpo, como um pistoleiro ansioso para sacar a arma.

Eu inclino minha cabeça. — Esse é o melhor insulto que você pode dar?

Na minha equipe, é o tipo de coisa que podemos dizer ao árbitro ou à avó de alguém.

— Você é um urso raivoso. — Ela parece tentada a me cutucar com o dedo novamente. — Um gorila idiota.

— Esses são apenas exemplos de bestas — Não posso deixar de salientar.

Por que estou antagonizando-a quando preciso que ela me venda o time? É como aquela vez que perguntei ao árbitro se a esposa dele sabia que ele estava nos fodendo.

— Quem diabos é você? — Ela exige saber. — Como conheceu meu pai?

Merda. Agora ela está cada vez mais perto de fazer a acusação de perseguição sobre a qual fui avisado.

— Theodore é dono do time de hóquei em que jogo. Era dono, quero dizer.

A lembrança de que o velho está morto aperta meu peito. Ela, por outro lado, nem sequer pisca.

Rangendo os dentes, continuo: — Eu gostava dele e o respeitava.

E é verdade, eu gostava, embora não o visse como uma figura paterna como alguns dos outros membros da equipe viam. Para mim, rotular alguém de figura paterna é um insulto.

Ela continua olhando para mim, então termino dizendo: — Eu o conheço há muitos anos — É preciso esforço para não acrescentar: "Ao contrário de você".

— Oh. — Ela franze os lábios carnudos e brilhantes. — Eu nem sabia que ele era dono de um time de hóquei.

Claro, ela não saberia disso. Ela não sabe nada sobre ele. Mas não indico isso. Em vez disso, uso isso como minha abertura. — Ele era — digo com uma cordialidade que normalmente reservo quando falo com a ESPN. — Ele e eu estávamos trabalhando em um acordo onde ele venderia o time para mim, mas não terminamos a papelada a tempo... — Olho para ela significativamente.

Esperançosamente, sua natureza caçadora de ouro a deixará mais interessada no dinheiro do que em vingança pelas minhas palavras anteriores, que na verdade eram apenas eu expressando uma verdade desagradável.

Caralho. O olhar mortal que ela me lança é como uma joaninha deve olhar para os ácaros antes de devorá-los inteiros – pelo menos foi o que vi naquele documentário sobre insetos que assisti outro dia.

— Por que você está me contando isso? — Ela questiona.

— Achei que fosse óbvio — digo, decidindo seguir em frente. — Estou aqui para fazer um acordo com você.

Capítulo 5

Sophia

Eu sou uma pacifista.

Abomino a violência.

Bater num homem – não importa o quanto eu queira – é um exemplo de violência e, portanto, seria errado, tanto moral quanto eticamente. Seria uma má ideia também do ponto de vista prático, visto que ele é enorme e tem uma aparência perigosa.

— Deixe-me ver se entendi direito. — Sinto orgulho de mim mesma por usar palavras em vez de tapas. — Você veio aqui para comprar um time que acabei de herdar?

Ele concorda. — Vou fazer com que valha a pena, acredite em mim.

Eu bufo sem humor. — Você está completamente alheio ao conceito de ironia?

Sua mandíbula treme. — O quê?

— Um minuto atrás, você teve a coragem de *me* chamar de abutre. — Ele estremece enquanto eu pressiono. — A ironia é que aqui está *você*, surgindo logo após a morte do meu pai, tentando "fazer um acordo". — Uso minhas aspas mais sarcásticas nas últimas três palavras.

— *Estou* aqui para fazer um acordo. — Ele abre e fecha os punhos, mas a visão não me excita... tanto quanto de costume. — Um acordo justo. — Ele continua enquanto tento controlar minha respiração. — Um que é ainda melhor do que o que eu teria feito com seu pai.

— Bem, considerando que sou uma caça-dotes que só se preocupa com dinheiro, estou prestes a te surpreender. — Canalizo todas as minhas fantasias violentas em um único olhar fulminante. — Eu não venderia um taco de golfe para você se estivesse morrendo de fome e precisasse de dinheiro para comprar pão. E caso você esteja se perguntando, eu não jogo golfe.

Assim como os insultos, as respostas não são meu forte, mas esta terá que ser mantida porque cansei de falar com esse idiota.

Viro-me para sair, mas ouço um grunhido de dor atrás de mim.

Olho para trás.

O cavalheiro rechonchudo que vi antes está segurando o peito.

Que diabos?

Ele desliza para fora da cadeira e se esparrama no chão, de olhos fechados.

Estou paralisada, em completo estado de choque... mas o idiota do viking não está.

Ele salta em direção ao homem, bate em seus ombros com as duas mãos e grita: — Você está bem?

Sem resposta.

— Ele não responde. — O viking encontra meu olhar. — Ligue para o 911 e pegue o DEA.

As palavras são ditas com tanta força que me vejo correndo para fora da sala para obedecer, apenas para perceber que não tenho ideia do que é o DEA.

Eu rapidamente volto e testemunho meu inimigo arrancando a camisa do homem com um puxão poderoso, revelando um peito peludo com seios de homem. O viking então coloca uma das mãos sobre a outra e pressiona o peito do homem com tanta força que quase espero que suas costelas se quebrem.

Ao me ver, o viking olha para minhas mãos vazias. — Onde está a porra do DEA? E a ambulância está a caminho?

— O que é um DEA? — A pergunta sai em um grito de pânico.

— Inútil — O viking murmura e interrompe as compressões para respirar na boca do homem caído.

Quão inapropriado é que eu sinta uma pequena pontada de inveja do moribundo?

— DEA significa desfibrilador externo automático — diz o Sr. Cohen enquanto sai correndo do escritório. — Eu vou buscá-lo. Você liga para o 911.

— Supondo que você consiga fazer isso — diz o viking maliciosamente, depois retoma as compressões torácicas, cantarolando o que eu poderia jurar ser *Stayin' Alive*, dos Bee Gees.

Pescando freneticamente meu telefone, ligo para o 911 e conto à operadora o que aconteceu, onde estou e que alguém já está realizando RCP. Também entro em uma série de detalhes que podem ser irrelevantes, como por que estive aqui e o que comi no café da manhã mais cedo. Ah, e além de dizer *meu* nome a ela, menciono o Sr. Cohen e pergunto o do viking.

— Mason — Ele resmunga. — Mason Tugev, embora eu não tenha ideia de por que a operadora do 911 se importaria.

— Você disse Tugev? — A operadora do 911 canta animadamente. — Como o jogador de hóquei?

Dada a menção de um time, presumo que sim – e digo isso a ela.

— Ele é incrível, não é? — Ela diz sem fôlego.

— Uh-huh. Os paramédicos estão a caminho?

Mason olha para mim interrogativamente.

— Sim — diz ela, e eu faço um sinal de positivo com o polegar para Mason, que ele responde com uma carranca. — Falar comigo não os atrasa — Continua a operadora. — Então, por favor, me diga como é Mason Tugev na vida real?

Reviro os olhos. — Você viu o filme *O Homem do Norte*?

— Aquele em que Eric Northman é um viking?

Demoro um segundo para ligar os pontos. Eric Northman é um personagem de *True Blood* interpretado por Alexander Skarsgård, que também interpreta o furioso em *O Homem do Norte*. — Sim — Finalmente digo. — Mason é tão amigável quanto o herói daquele filme.

O Mason do mundo real faz uma careta, provando meu ponto de vista.

— Eu não vi esse filme — diz ela. — É bom?

Eu realmente espero que os paramédicos não se atrasem com isso. — Se você gosta de vikings, é imperdível.

— É sobre a invenção do hóquei? — Ela parece confusa.

Ah. Certo. Fã de hóquei. — Não. Duvido que os vikings tenham inventado algo além de formas horríveis de executar pessoas. Embora eles gostassem de andar em pranchas e esquiar.

Com isso, a carranca de Mason se aprofunda.

— Acho que saímos um pouco dos trilhos — digo à operadora do 911.

E por "sair dos trilhos", quero dizer que o trem desenvolveu foguetes e está voando para a lua.

— Certo — diz ela sem graça. — Os paramédicos estarão aí em cinco minutos.

Desligo, no momento em que o Sr. Cohen volta com o DEA, que percebo já ter visto antes, geralmente ao lado de um extintor de incêndio. Eu simplesmente não sabia o que era.

— Abra — Ordena o viking – quero dizer, Mason.

Cohen dá um passo para trás. — Não me sinto confortável em usá-lo em um cliente.

— Por que não? — Pergunto.

— Eu poderia ser processado — diz Cohen.

— Não sou advogado — diz Mason sobre as compressões —, mas até eu sei que existem leis do Bom Samaritano em vigor que protegem aqueles que tentam ajudar nestas circunstâncias.

Cohen dá mais um passo para trás. — As leis de que você fala não protegem as pessoas tanto quanto todos pensam que protegem. Já lidei com muitos casos em que alguém fez algo gravemente negligente, e esse termo é bastante subjetivo.

Eu mordo minha língua. Este não é o momento de oferecer a todos um tratado filosófico sobre se somos ou não eticamente obrigados a ajudar as pessoas necessitadas.

Mason olha para mim. — Você tem mais coragem do que esse covarde?

Concordo com a cabeça, embora meu coração esteja martelando. — O que eu faço?

Mason suspira. — Abra a porra da coisa.

Abro a caixa do DEA e comandos de voz automatizados começam a me dizer o que fazer. Conforme as instruções, retiro os eletrodos pegajosos e os conecto. Antes de poder prendê-los ao corpo do homem, Mason diz: — Você precisa raspar a pele dele primeiro. Deveria haver uma navalha no fundo da caixa.

Raspar o homem? O que vem a seguir, uma manicure e pedicure?

Mas então a ficha cai. Os pelos do peito estão no caminho dos eletrodos. Procuro a navalha e lá está ela.

Eu ataco o cabelo, mas é muito grosso e cacheado. Isso ou esta navalha está muito cega.

— Tire os absorventes pegajosos pequenos — diz Mason quando percebe meus problemas de higiene.

Localizo os absorventes menores e os retiro.

— Cole-os onde os de tamanho normal iriam.

Eu obedeço.

— Agora, arranque-os.

Fico boquiaberta para Mason. — Arrancar?

— Tenho certeza de que você está familiarizada com depilação — diz ele. — Mesma ideia.

Oh. Certo. Arranco o primeiro absorvente, removendo os pelos teimosos e provando sem dúvida que nosso paciente não está fingindo seu estado de inconsciência. Então, faço isso novamente no outro local antes de prender as duas almofadas de adulto nas áreas vermelhas e nuas da pele.

A questão da cera é algo pelo qual eu poderia ser processada? Não foi negligência, mas foi nojento.

A partir daqui, o DEA basicamente assume o controle, dizendo a todos para ficarem afastados quando julgar necessário aplicar um choque no paciente. Em seguida, diz a Mason para retomar a RCP.

Tenho que admitir, a coisa é legal. Mais ou menos como Alexa com formação em medicina.

O som de sirenes soa nas proximidades, seguido pelos passos de bombeiros e paramédicos. Movendo-se com rapidez e determinação, eles substituem Mason, colocam o paciente em uma maca e saem correndo.

Assim que eles vão embora, percebo que tenho uma

pergunta, então a faço ao Sr. Cohen e Mason. — Ele vai sobreviver?

— Provavelmente — diz Mason. — Então, novamente, não há garantias na vida.

— Alguém vai ligar e nos contar? — Eu gostaria de ter perguntado isso antes, quando estava falando com a tagarela operadora do 911.

— Duvido — diz Mason. — Provavelmente seria contra os regulamentos da área de saúde ou algo parecido.

— Bem, ele é meu cliente — diz Cohen. — Então saberei se ele conseguir... eventualmente.

— Você vai nos contar? — Pergunto.

— Eu teria que perguntar ao meu cliente se ele concordaria com isso — diz Cohen.

Eu pisco para ele. — Como ele lhe daria permissão se não sobreviver?

— Nesse caso, eu perguntaria à família dele.

— Só não se preocupe por minha causa — Resmunga Mason.

Eu me viro para ele, incrédula. — Você não se importa?

— Não particularmente — diz Mason. — Eu não conheço o homem.

— Mas você salvou a vida dele. — Olho para o Sr. Cohen na esperança de que ele possa explicar o enigma que é Mason.

Mason suspira. — *Talvez* eu tenha salvado a vida dele. Talvez não. Tudo o que eu queria era evitar as manchetes dos jornais que diriam: 'Jogador de hóquei com treinamento em RCP vê um homem morrer'.

É como se ele gostasse de dois esportes: hóquei e ser idiota.

— Tudo bem — digo. — Isso foi... interessante. É melhor eu ir embora.

Aparentemente, tenho uma casa nova para conferir e tartarugas para fazer amizade.

— Espere — Mason diz enquanto eu me viro. — Quero que você considere minha oferta.

— Claro — digo. — Vou considerar.

Com isso, saio sem olhar para trás.

Só para ter certeza de que não sou uma mentirosa, por um milésimo de segundo, considero a ideia de vender o time – e decido que minha resposta ainda é "inferno, não". Mesmo que Mason Tugev não fosse tão idiota, preciso entender minha riqueza recém-adquirida antes de fazer qualquer negócio. Além disso, se tenho tanto dinheiro como o Sr. Cohen disse, não preciso de mais, então, posso muito bem continuar diversificando e possuir um time de hóquei.

Falando em diversificação e em não desperdiçar minha herança, preciso falar com alguém que se formou em finanças. Que, felizmente para mim, é minha melhor amiga e colega de quarto, Abigail.

Entrando em um táxi, peço ao motorista que me leve para casa.

Capítulo 6

Mason

Assim que Joaninha vai embora, percebo que não tenho como contatá-la, mesmo que por algum milagre ela decida fazer um acordo.

— Você poderia ter lidado com isso melhor — diz Cohen cuidadosamente.

Em resposta, dou um soco na porra da parede, deixando um grande buraco nela.

— Vou cobrar por isso — diz Cohen, surpreendentemente calmo. — Ah, e antes que você pergunte, não vou discutir a senhorita Papachristodoulopoulou com você.

— Papa, o quê? — Esfrego os nós dos dedos sangrando.

— Papa-christo-doulo-poulou. É um sobrenome grego comum.

Claro que é. — Obrigado pela lição de cultura.

Ele sorri. — Quando eu faturar a parede, também incluirei uma hora de atendimento.

— Porque é quanto tempo leva para dizer esse nome?

Ele dá de ombros, sorrindo ainda mais, e eu resisto à vontade de socar a parede novamente, decidindo guardar minhas emoções para o treino.

———

Normalmente me sinto em paz depois do treino, principalmente quando compartilho uma refeição com a equipe como estou agora, mas não hoje.

— Então, como foi? — Jason pergunta com a boca cheia de gyros.

Todo mundo fica quieto, até mesmo o pessoal do restaurante.

Meu hummus de lentilha de repente tem gosto de amendoim enlatado. — Ela não vendeu... ainda.

— Isso é uma merda — diz Jason, e o resto deles ecoa o sentimento, xingando em meu nome em inglês, finlandês, russo e francês canadense.

— Eu imaginei isso pelo quão cruel você foi durante os treinos — diz Jason. — Parece que você terá que continuar comendo comida de vaca por mais algum tempo.

Por comida de vaca, ele se refere à minha dieta extremamente nutritiva, mas principalmente baseada em vegetais. — Eu ia fazer isso, de qualquer maneira — Murmuro. — Eu como bem para viver mais, não apenas para continuar jogando hóquei.

Todos os meus companheiros de equipe me olham

com ceticismo. A ideia de algo que não seja sobre hóquei é tão estranha para eles quanto comer um donut com creme Boston é para mim.

Jason torce o nariz para o meu hummus. — Se eu comesse como você, murcharia e morreria.

— Eu concordo com Friday aqui — Parker se intromete. — Exceto que a ordem dos eventos seria: peidar como uma tempestade e, depois, murchar e morrer.

Jason dá um tapinha na testa de Parker por usar o apelido de Friday (Sexta-feira) mais uma vez. Ele está lutando uma batalha perdida, no entanto. Como ele nasceu em um município de Nova Jersey chamado Voorhees e é goleiro, as piadas de *Sexta-feira 13* são tão inevitáveis quanto os esfaqueamentos no acampamento Crystal Lake.

— Comer lentilhas o tempo todo não faz você peidar — digo pelo que parece ser a milionésima vez. — Seu corpo se ajusta.

Alguns dos meus colegas de equipe assentem, mas a maioria faz piadas sobre peidos, como as crianças crescidas que são. O chato é que sei que eles sabem mais sobre nutrição do que a média das pessoas, sendo atletas e tudo mais. Simplesmente levei minha dieta um passo além do necessário para o hóquei, seguindo um plano alimentar testado em laboratório pela Octothorpe. Combinada com alguns medicamentos prescritos e suplementos dietéticos, minha dieta tem como objetivo retardar o envelhecimento e, aos trinta e sete anos de idade, sinto que estou na casa dos vinte.

Mesmo assim, serei a primeira pessoa nesta mesa a se aposentar, e ser dono deste time é a melhor maneira de manter esses idiotas na minha vida.

— Como era a nova proprietária? — Jason pergunta.

— Por quê? — Pergunto desconfiado.

Ele dá de ombros. — Se ela não for tão horrível, talvez você possa convencê-la a vender o time usando seus... encantos.

O resto da equipe emite sons que lembram um bando de hienas com tesão.

— Ela não é feia — digo a contragosto. — Mas duvido que ela queira ter alguma coisa a ver com meus encantos, mesmo que sejam os últimos encantos da Terra.

E o sentimento é mútuo.

— Não é pouco atraente? — Jason aperta seu gyros até que o molho tzatziki pingue em seu colo. — Talvez eu devesse ajudar um irmão, com meus 'encantos'.

— A porra que não. — Quase dou um soco em seu rosto para enfatizar a questão, mas então me seguro bem a tempo, porque, o que diabos há de errado comigo?

Todo mundo para de comer e me olha confuso.

Jason inclina a cabeça. — Você gosta dela?

Ele e o resto do time estão tentando me fazer transar há um mês, mas tenho praticado o celibato.

Eu gosto de Joaninha?

A ideia é absurda.

Já faz um tempo que não gosto de ninguém e, se eu fosse acabar com essa onda, não seria com uma interesseira desagradável. Além disso, ela é muito jovem.

— Oh, entendi — Jason diz a todos de forma conspiratória. — Ele não pode agir porque ela é dona do time. Se ele der um tapinha e eles terminassem, as coisas ficariam muito ruins.

Não acredito que ele disse "um tapinha" sem ironia. Além disso, inacreditavelmente, o idiota tem razão – como um relógio parado que acerta duas vezes por dia. Não que eu precisasse do argumento dele para evitar Joaninha da mesma forma que um pulgão faria com seu inseto homônimo.

— Podemos conversar sobre alguma outra coisa? — Eu imbuo a pergunta com ameaça suficiente para garantir que todos saibam que, se pressionarem, seus rostos se parecerão com a parede do escritório do advogado.

— Claro — Jason diz com um sorriso travesso. — Viu algum novo documentário sobre a natureza ultimamente?

Eu gemo. Deixei que ele compartilhasse minha conta Netflix e este é o agradecimento que recebo. Ele deve ter espionado meus Recentemente Assistidos, que são todos documentários sobre a natureza porque me ajudam a relaxar.

— Claro, vi um sobre joaninhas — digo com uma cara séria. Se eu mostrar a eles que isso não me incomoda, as provocações irão diminuir mais rapidamente. Esperançosamente. — Elas são carnívoras e, portanto, um inseticida natural, por isso são consideradas um amuleto da sorte em todo o mundo.

Com roncos altos, Jason abaixa a cabeça em direção ao prato, parando a apenas alguns centímetros dele. — Merda. Isso foi tão chato que adormeci.

— Você deveria repetir o que acabou de dizer, mas na voz de David Attenborough — diz Parker.

— Se você sabe quem é David Attenborough, já deve ter visto muitos documentários sobre a natureza — Pontuo.

— Não, não vi — Responde Parker, um pouco rápido demais. — Além disso, é *Sir* David Attenborough.

Eu sorrio quando a zombaria vira na direção de Parker – com todos insistindo para que ele os chame de 'Sir' também, seguido por mais bobagens.

Eu suspiro. Meus companheiros de time são como meus irmãos, para o bem ou para o mal. Quando é importante, protegemos um ao outro e não brincaríamos sobre algo real, como minha coisa com botão. Na verdade, ninguém disse nada, mas percebi que começaram a usar agasalhos sem botões quando estou por perto, mesmo quando vamos a clubes chiques.

Porra. Se eu não comprar o time, vou decepcioná-los. E se ela fizer mudanças que nos impactem para pior? Ou...

— Quando você vai falar com ela de novo? — Jason pergunta, me trazendo de volta ao assunto em questão.

— Não faço ideia — digo. — Primeiro, preciso de um plano de jogo.

———

Assim que entro em meu apartamento, meu gato, Spike, corre e me cumprimenta com um entusiasmo que você esperaria de um cachorrinho Golden Retriever.

— Estou feliz em te ver também — digo rispidamente antes de ir para a cozinha para alimentá-lo com algumas fatias de atum para sashimi.

Em seguida, pego uma garrafa da minha vodca favorita e faço uma videochamada para Evan, meu amigo da Flórida. Temos um acordo mutuamente benéfico para não deixar o outro beber sozinho.

— Ei — diz Evan, depois franze a testa para a garrafa em minhas mãos. — Sinto muito, parei de beber.

— Você parou?

— Tenho um filho agora — diz Evan. — Não quero dar mau exemplo.

Ah. Certo. — Faz sentido.

— Você também deveria parar — Sugere Evan. — Isso não se encaixa no seu estilo de alimentação saudável.

— Na verdade, na Estônia, acredita-se que a vodca cura todos os tipos de doenças. — Quando eu era criança, sempre que estava doente, minha mãe mergulhava minhas meias em vodca e me mandava calçá-las, então, eu cheirava como um alcoólatra quando chegava à escola.

Merda. Agora preciso ainda mais daquela bebida. Isso acontece sempre que penso na minha família e em como eles cortaram todos os laços comigo.

— Você não nasceu nos Estados Unidos? — Evan pergunta.

Dou de ombros. — Meus pais nascidos na Estônia ainda conseguiram me transmitir suas crenças sobre a vodca. — E a obsessão deles por saunas, na qual coloquei todo o time.

— Bem, tenho quase certeza de que a ciência nisso não é grande coisa — diz Evan. — Então, se você está evitando donuts, talvez queira evitar a vodca também.

— Quer saber? Da próxima vez que eu não quiser beber sozinho, irei a um bar em vez de ligar para você e ouvir um sermão.

— Perfeito — diz ele. — Dessa forma, talvez você finalmente conheça uma mulher que...

Eu encerro a ligação.

Por que todo mundo que começa a namorar quer que eu entre no culto deles? O mesmo acontece com as pessoas que têm filhos: eles se transformam em campanhas ambulantes de relações públicas para a desova.

Olho para a vodca e penso em quebrar o tabu de beber sozinho.

Não. Acho que algumas coisas que aprendi com meus pais são muito difíceis de ignorar.

Certo.

Guardo a vodca e faço uma videochamada para o treinador, a pessoa em minha vida que atua simultaneamente como terapeuta, padre e oficial de condicional.

— Ei, garoto. — O treinador acaricia sua barba recorde. — Ou devo te chamar de chefe?

— Eu não sou seu chefe... ainda.

— O que aconteceu? — O treinador puxa a barba sem pensar – ou, como diria Jason, procura um lanche nela.

Conto ao treinador o que aconteceu e, quando chego à parte da história sobre RCP, ele me elogia por minhas habilidades para salvar vidas, e pode muito bem estar se dando tapinhas nas costas, já que foi ele quem sugeriu que eu aprendesse primeiros socorros.

Ele joga a barba por cima do ombro. — Talvez você devesse considerar minha outra sugestão?

— Não. — Não acredito que ele está tocando no assunto de novo. Apesar da barba fazer com que ele pareça praticamente velho, o treinador é apenas dez anos mais velho que eu, mas ele colocou na cabeça que deveria se aposentar, desde que primeiro encontrasse um substituto adequado. Por que diabos ele pensa que sou capaz de ocupar seu lugar do tamanho de um Pé Grande está além da minha compreensão.

Nosso time é um dos poucos do campeonato que não tem capitão, mas se tivéssemos não seria eu. Eu não consigo ser totalmente inspirador. Na verdade, fui acusado do contrário.

As palavras "pessimista" e "cínico" têm sido muito usadas na minha vizinhança.

A barba se contorce de uma forma que sugere que o treinador pode estar franzindo os lábios nunca visíveis.

— Nesse caso, tente novamente com a nova proprietária. Talvez seja cordial da próxima vez.

— Sim. Obrigado. Ótimo conselho. Por que não pensei nisso?

Seus olhos se estreitam. — Sarcasmo é a forma mais baixa de humor.

— Os trocadilhos são mais baixos. E piadas de peido. — Junto com as outras coisas que saem da boca de Jason.

— Seja como for, meu conselho permanece — Bufa o treinador. — Mantenha seu temperamento sob controle. É uma boa ideia no gelo, se você se tornar treinador, e realmente, como ser humano em geral.

Ótimo. Ele está com um *daqueles* humores. — Serei mais gentil com ela da próxima vez. Eu prometo. — Será um grande desafio, mas o time vale a pena.

— Ótimo. — Ele coça onde seu queixo pode estar escondido. — Agora eu tenho que ir. A esposa quer uma massagem nos pés.

— Detalhe desnecessário — digo e desligo, mas com um sorriso relutante.

O treinador encontrou um unicórnio: um casamento feliz.

Tenho certeza de que em toda Nova York é ele e só outro cara.

Ando pela minha casa enquanto Spike, canalizando um gato de circo, desliza entre meus pés. O que estou pensando é: como faço para tentar novamente falar com Joaninha?

Primeiro passo: preciso encontrá-la. Duvido que Cohen me ajude novamente, então, dessa vez estou sozinho.

Falando em Cohen, graças a ele, agora sei o sobrenome dela, mesmo que não ousasse dizê-lo em voz alta: Papachristodoulopoulou. O primeiro nome dela, Sophia, eu sei por causa de Theodore.

Vou até meu laptop e pesquiso essa combinação no Google.

Não. Há uma esquiadora alpina chamada Sophia Papamichalopoulou, mas essa não é Joaninha. Outra coisa que aprendi é que seu sobrenome significa "descendente do sacerdote e servo de Cristo". Huh. Outra pesquisa mais tarde, descubro que, ao contrário dos seus homólogos católicos romanos, os padres ortodoxos gregos podem se casar, o que pode levar a sobrenomes bastante longos para os seus descendentes.

Dito de outra forma, não descubro nada.

Hum. Ela parecia ter vinte e poucos anos, então é uma boa aposta que ela estará no TikTok.

Nada aparece. Esquisito.

Snapchat?

Ainda não. O mesmo vale para o Facebook.

Não gosta de mídias sociais? Acho que isso é uma coisa que temos em comum.

Certo. Plano B – o que me tornará ainda mais perseguidor.

Ligo para Landon e faço questão de não usar vídeo, para não ter que ver sua expressão presunçosa de "eu te avisei" quando ele descobrir o quanto eu fiz bagunça.

— Deixe-me adivinhar — diz ele em vez de um olá. —, a fala *dela* foi: 'Como ousa'?

— Foi. Você estava certo. Podemos seguir em frente?

— Claro que não — diz ele. — Diga-me o que aconteceu.

Eu o faço, já me sentindo enjoado da história.

— Ela é gostosa? — Ele pergunta.

— O quê? — Estou apertando meu telefone com muita força novamente.

— Ela parecia gostosa — diz ele. — Toda ofegante e indignada.

Aperto e abro minha mão livre. — A aparência dela é irrelevante.

— É? — Ele pergunta.

Ótimo. Outro. Se ele me pedir para convencê-la com meus "encantos", vou apresentá-lo a Jason para que eles possam trançar o púbis um do outro.

— Preciso da sua ajuda — digo com os dentes cerrados.

— Obviamente que sim — diz ele. — Tanta ajuda que você terá que ser mais específico.

A porra da minha capa de telefone está rangendo de novo. — Você tem um cara que pode encontrar informações sobre as pessoas. Quero que ele faça um dossiê sobre ela.

Silêncio.

— Ainda aí? — Rosno.

— Sim, eu simplesmente não consigo acreditar no que estou ouvindo. Dois segundos atrás, você disse que eu estava certo quando te chamei de perseguidor. Agora, em vez de mudar seus hábitos, você está dobrando sua aposta.

— Que escolha eu tenho?

Ele suspira. — Esperar até ela se encontrar com você e o time? Ela *é* a nova proprietária.

— Porra, não. Se você não quiser ajudar, tudo bem, mas eu...

— Estou mandando uma mensagem com as informações do cara — diz ele, e de alguma forma posso ouvir o olhar revirado do outro lado da linha. — Também direi a ele para esperar notícias suas.

— Obrigado. Eu te devo uma.

— De nada. Apenas me diga como foi tudo.

Prometo de má vontade que farei isso e desligo. Aí, entro em contato com o cara, que se chama Max Stolyar, e pago a taxa exorbitante. Max me garante que não, ele não cobra por sílaba do nome da consulta e que terá algo para mim em algumas horas.

Para ganhar tempo, ligo a TV e coloco o próximo documentário sobre a natureza da minha longa lista de filmes para assistir.

O show se passa no oceano, o que normalmente

seria calmante pra caralho, mas a situação não resolvida da Joaninha está me incomodando demais para aproveitar qualquer coisa no momento.

Finalmente, depois do que parece ser um ano de espera, recebo uma mensagem de Max.

Capítulo 7

Sophia

— Querida, cheguei! — Entro no pequeno estúdio que divido com minha melhor amiga e esbarro em nosso beliche.

— Qual é a do escândalo? — Abigail murmura mal-humorada do beliche de cima, a "posição alta" que ela recebeu literalmente tirando um palito quando nos mudamos para esta gloriosa casa de bonecas. — As pessoas estão tentando dormir.

Olho para o relógio do nosso micro-ondas encardido ou, como eu o chamo, do nosso micro-micro-ondas. — São 3h45 da tarde.

— E daí? Fiquei estudando Cálculo Financeiro a noite toda — Retruca Abigail. — E agora preciso dormir para consolidar minha memória.

— Viu? É por isso que Filosofia é uma área muito melhor — digo com um sorriso. — Não existe Cálculo Filosófico e, portanto, não há necessidade de noites sem dormir.

— Claro, se por 'uma área muito melhor' você quer dizer a paz de espírito que advém de saber que está completamente desempregada. — Ela balança as pernas longas e perfeitamente modeladas para fora do beliche. — Além disso, não existe Cálculo Ético? Cálculo Felicífico?

Devo argumentar que *poderei* encontrar um emprego? Não. Em vez disso, e não pela primeira vez, fico maravilhada com o quão incrivelmente inteligente Abigail é. Ela acabou de me ensinar minha própria área de estudo, porque sim, esses tipos de cálculo existem. Nossa escola simplesmente não os oferece como cursos e, se oferecesse, eu provavelmente os evitaria como uma cenoura faria com um coelho.

— Deixe-me fazer um café da manhã para você. — Vou até o frigobar, tiro um burrito congelado e coloco no micro-micro-ondas.

— Obrigada — Abigail desce do beliche e vai até o banheiro – sim, aquele que fica no meio do quarto. — Não se vire — Ela avisa.

De acordo com nosso protocolo usual, eu não apenas evito me virar, mas também canto *Let It Go*, de *Frozen*, alto o suficiente para abafar qualquer som pouco feminino que possa sair da minha colega de quarto.

— Pronto. — Ela pontua a palavra com um rubor. — Ah, e você precisa atualizar seu repertório.

Eu ignoro isso. Sempre que é minha vez, ela canta exclusivamente *Ring of Fire*, de Johnny Cash, o que me faz pensar em herpes, clamídia e Chipotle.

Saio do caminho dela para que ela possa usar a pia da cozinha/banheiro, que serve como chuveiro improvisado nos dias em que não temos tempo de passar pelos vestiários da academia da escola.

No momento em que o micro-micro-ondas apita, Abigail se considera apresentável, e eu concordo. Mesmo sem maquiagem e depois da privação de sono, ela é linda: loira, alta, tonificada, lábios naturalmente carnudos e olhos azuis ferozes. Dito de outra forma, ela se parece muito com Lagertha dos *Vikings*.

— Então — Ela pega o burrito e morde um pedaço enorme dele. —, como foi? — Sua pergunta parece abafada por arroz e feijão meio mastigados.

Coloco outro burrito no micro-micro-ondas – uma versão sobremesa que gosto, com chocolate, manteiga de amendoim e geleia, que contém a mesma quantidade de açúcar necessária em guloseimas para ensinar um elefante a andar de monociclo. — Acho que estou rica.

Ela quase se engasga com a comida e exige todos os detalhes. Quando lhe conto todos os acontecimentos de hoje, ela fica perturbadoramente mais interessada no viking do que na minha nova riqueza. De improviso, menciono o nome dele. Ela engole a comida de forma audível e se engasga. — Você disse Mason Tugev?

— Sim. — Eu não sabia que idiotas como ele eram nomes conhecidos.

— O jogador de hóquei?

Reviro os olhos. — Sim. Acabei de te dizer isso.

— Você sabe que ele é um bilionário, certo? — Ela grita. — E você disse a ele "não há acordo".

Ele é? — Achei que os atletas profissionais ganhassem milhões, não bilhões.

— Ah, mas ele usou o dinheiro do contrato para investir na Octothorpe. Cedo. — Ela pega o telefone e toca nele algumas vezes. — Acabei de lhe enviar um artigo do WSJ.

WSJ? Isso significa Whippersnapper Scallywag Jamboree? Mais importante ainda: — Octothorpe não é o lugar onde você está morrendo de vontade de trabalhar?

Ela balança a cabeça com tanto entusiasmo que quase bica o burrito com o nariz. — Tudo o que a empresa toca vira ouro. Ah, e eles ainda oferecem opções de ações aos seus funcionários.

— Tudo que virou ouro não funcionou tão bem para o Rei Midas — Lembro a ela.

Ela balança a cabeça sabiamente. — Você está falando sobre os problemas dele se masturbar?

Eu bufo. — Sim. Acho que essa também é a história por trás do Membro de Ouro de *Austin Powers*.

O micro-micro-ondas apita.

— Leia o artigo — diz ela enquanto eu pesco meu burrito.

Pego meu telefone e, enquanto mastigo, descubro que a) WSJ significa *The Wall Street Journal*, e, b) Mason Tugev é o melhor jogador da DHL – Liga de Diamante do Hóquei – que não tem nenhuma conexão com a empresa de transporte com o mesmo nome. Mason ficou famoso pela primeira vez quando se recusou a deixar seu time, mesmo quando um time mais famoso tentou roubá-lo. Depois, a sua fama cresceu quando ele continuou a jogar hóquei mesmo depois de ganhar uma quantia obscena, o que leva ao ponto muito importante, c) ele é de fato um bilionário, graças a "investimentos inteligentes".

Hum.

Eu olho para cima do meu telefone. — Você acha que ele quer o time de hóquei porque sabe que o preço está prestes a subir?

Abigail balança a cabeça. — As equipes esportivas valorizam a longo prazo. Ele pode querer o prestígio de possuir um time. Ou está em busca de benefícios fiscais.

Mastigo o burrito e pondero sobre os tipos de comidas deliciosas que posso comprar agora. Caviar? Trufas? Chocolates Godiva?

— Então — Abigail diz enquanto meu estômago ronca. — A parte mais importante: como ele é?

Não tenho ideia do porquê, mas fico vermelha como uma freira medieval ao conhecer um viking seminu.

Ela sorri. — Gostoso assim, hein?

— Ele foi rude e desagradável.

Ela assente. — Ele tem alguma tatuagem?

Agora é minha vez de sorrir. Quando se trata de homens, as tatuagens são o calcanhar de Aquiles de Abigail... feitas de criptonita. Ela namoraria – e eu uso esse termo vagamente – qualquer perdedor com uma bela imagem na pele para ela ficar boquiaberta, até mesmo um operador de telemarketing que liga para as pessoas de manhã cedo para lhes vender spinners.

— Sem tatuagens — digo. — Nenhuma que fosse visível, de qualquer maneira. — Mas, maldita seja, ela me fez pensar como ele ficaria por baixo daquele agasalho.

— Nenhuma tatuagem é bom sinal — diz ela. — Dado que ele é seu, e eu não quero a tentação.

— Podemos ter uma conversa séria por um momento? — Pergunto, meu burrito de repente perdendo a doçura.

Ela inclina a cabeça.

Pego os papéis que listam todas as minhas coisas herdadas. — Como posso ter certeza de não desperdiçar todo esse dinheiro novo?

Abigail pega os papéis e lê com atenção, franzindo a testa.

Algumas vezes ela assobia, o que deve ser um bom sinal.

Depois de alguns minutos, ela me devolve os papéis, com os olhos brilhando. — Você é super rica. O tipo de riqueza onde seria um sério desafio desperdiçar tudo.

Eu suspiro. — Não quero aceitar esse desafio. Muito pelo contrário.

Ela assente. — Acho que posso lhe dar algumas dicas. Deixe-me pensar.

— Você é a melhor. — Sorrio para ela. — Amanhã no refeitório, o almoço é por minha conta.

Abigail estala a língua com falsa desaprovação. — Já estamos desperdiçando dinheiro em luxos, não?

— Sim. Também vou pegar um táxi para ver minha nova casa e minhas novas tartarugas.

———

Minha nova casa não é uma casa.

É uma mansão e não uso essa palavra levianamente. É como se a casa de Downton Abbey engravidasse a Casa Branca e, depois, alimentasse excessivamente o bebê resultante. A mansão é cercada por incontáveis hectares de jardins perfeitamente cuidados, uma grande parte dos quais é coberta por uma cúpula transparente – tornando-a a maior estufa que já vi.

— Você é esperada? — Pergunta o motorista do táxi quando nos aproximamos do portão alto e ornamentado.

— Este lugar é meu — digo com incerteza. — Mas... eu não sei.

Com uma expressão confusa, ele vai até o interfone que fica bem ao lado do portão e abre minha janela.

Eu pressiono o botão.

— Olá — diz uma voz feminina elegante com sotaque britânico. — Como posso ajudar?

— Oi. Sou Sophia Papa...

— Ah, Senhora Papachristodoulopoulou — diz a mulher. — Por favor, entre.

Fico boquiaberta diante do interfone. Foi o mais próximo que alguém chegou de pronunciar meu sobrenome corretamente e a primeira vez que alguém me chamou de senhora.

— Você quer descer aqui? — Pergunta o taxista.

Ele está brincando? A entrada tem um quilômetro de comprimento. — Por favor, leve-me até a porta da frente.

Ele faz isso e, enquanto eu pago, uma mulher de quase trinta anos corre até o táxi para abrir a porta para mim.

Saio e tento não ficar boquiaberta com ela. Ela está usando muito couro preto, tem mais piercings do que uma almofada de alfinetes e está coberta de tantas tatuagens que, se ela fosse um cara, teria um passe para entrar na vagina de Abigail.

— Obrigada — digo a ela e examino a mansão, que parece ainda maior de perto.

— Sem problemas, Senhora Papachristodoulopoulou — diz a mulher tatuada com o mesmo sotaque britânico que ouvi no portão. — Bem-vinda.

— Obrigada — digo. — Por favor, me chame de Sophia.

— Mas, é claro... Dona Sophia — diz ela.

— Apenas Sophia — digo e não acrescento que, de nós duas, ela é quem mais se parece com uma 'dona'... do tipo BDSM.

— Tudo bem. — Ela franze o nariz com tanta força que um piercing nasal bate no outro. — Nesse caso, me chame de Euphemia.

— Euphemia. — Devo dizer a ela que isso significa "bem falado" em grego?

— Ou Effie — diz ela, franzindo o nariz novamente com um barulho mais alto. — Se você preferir.

— Prazer em conhecê-la... Effie. O que você faz aqui?

Sua coluna fica ereta. — Eu sou o Mordomo... Dona.

— Chame-me de Sophia. — E ela disse 'mordomo'?

— Perdoe-me — diz ela. — Dirigir-me a um patrão de maneira respeitosa foi algo que aprendi na escola de mordomo.

Então, ela na verdade é o mordomo. — A palavra Dona é respeitosa? — Para mim, isso me traz à mente chicotes, correntes e destruidores de lares.

— Mas é claro que é — diz ela. — Afinal, é a forma feminina de Senhor.

Acho que isso faz sentido. — Meu pai gostava de ser tão formal?

Ela balança a cabeça. — Ele me fez chamá-lo de Theo, então, você não se mostra muito diferente dele.

Por que isso me faz sentir quente e confusa? — O que você faz como mordomo?

Meu único contato com a profissão dela é Alfred, a figura paterna substituta do Batman.

— Eu preparo quartos, recebo convidados, arrumo, encomendo produtos para a casa, faço ligações para...

Ela continua por um tempo, e parece cada vez mais uma entrevista de emprego ou uma justificativa de emprego. Ela está preocupada que eu traga meu próprio mordomo? Ou – e isso seria uma loucura total, eu sei – que vou conseguir viver sem mordomo?

— De qualquer forma — Ela finalmente diz. —, posso lhe dar um esboço mais detalhado de minhas funções quando quiser. Enquanto isso, imagino que você gostaria de ser apresentada ao restante da equipe, além de uma turnê.

— Uma turnê seria ótimo. — Assim como saber quantas pessoas trabalham neste local. Mas não pergunto isso, porque parece algo que eu já deveria saber.

À medida que caminhamos pelos terrenos espaçosos, surge um tema definido: o das tartarugas. Existem pinturas de tartarugas, estátuas de tartarugas, murais representando tartarugas, placas de cerâmica com tartarugas e fotogramas realistas de todos os tipos de tartarugas conhecidas pelo homem. Quando chegamos à "sala de mídia", que na verdade é uma sala de cinema particular, um filme sobre tartarugas está passando na tela gigante.

— Pelo menos é tudo consistente — Murmuro.

Effie sorri, mas apenas com os olhos, o que deve ser coisa de mordomo. — Na biblioteca, noventa por cento dos livros são sobre tartarugas.

Eu sorrio. — Claro. Aposto que uma música com tema de tartaruga está tocando em algum lugar da casa enquanto conversamos.

Effie trai sua profissão porque um sorriso genuíno toca seus lábios perfurados. — Se dependesse de Theo, os antigos hindus estariam corretos sobre a Terra ser plana e repousar nas costas de uma grande tartaruga.

Meu sorriso se alarga. — Uma tartaruga que fica em cima de uma tartaruga ainda maior, que fica em cima de uma tartaruga ainda maior – com as tartarugas ao infinito. — Falamos sobre essa ideia em uma de minhas aulas como exemplo de regressão infinita.

Effie assente. — Se este lugar tivesse um lema, seria 'tartarugas até o fundo'.

Eu me pergunto se meu pai gostava tanto de tartarugas quando conheceu minha mãe. Ela certamente nunca mencionou isso, e parece o tipo de coisa que você deveria mencionar. Talvez as tartarugas fossem sua maneira de lidar com o que ela o fez passar? Não faço ideia e, a esta altura, é como perguntar o que veio primeiro, a tartaruga ou o ovo.

— A equipe está na sala de leitura — diz Effie e aponta para uma porta, seu sorriso desaparecendo.

Eu a sigo e encontro três senhoras mais velhas – que surpreendentemente não se parecem em nada com tartarugas – e descubro que elas dividem a cozinha, a limpeza, a jardinagem e outras responsabilidades com Effie.

A turnê continua nesse sentido e, quando entramos na garagem, não consigo deixar de assobiar.

Os carros que meu pai me deixou valem uma fortuna. Há representantes da Bugatti, Ferrari, Bentley e – caso eu já tenha me perguntado se meu pai teve uma crise de meia-idade – um Porsche. É claro que nenhuma coleção de carros estaria completa sem um Fusca verde feito para parecer uma tartaruga gigante.

— Este é Richard — diz Effie.

Um carro-tartaruga chamado Richard? Não, ela está apontando para um cavalheiro baixo que parece estar consertando a tartaruga ou alimentando-a.

— Olá, Senhorita *Papa-can-you-hear-me*[1]? — Richard me diz com um sorriso largo. — Você se parece com o falecido Theo.

Effie franze a testa. — Eu te disse. É Papachristodoulopoulou.

— Foi mal — diz ele. — Papa-você-pode-me-encontrar-na-noite-Cristo-transmissão-dupla-Paula-lou.

Effie olha para mim se desculpando. — Eu fiz todo mundo praticar. Juro.

Eu sorrio. — Já ouvi coisas piores. — Eu me viro para Richard. — Por favor, me chame de Sophia.

Os adultos não costumam pular de alegria, mas Richard sim. — Prazer em conhecê-la, Sophia. Chame-me de Dick.

Hum. — Tudo bem... Dick.

— Ou Dickie — diz ele.

Devo?

— Não, chame-o de Richard — diz Effie com uma carranca que aproxima perigosamente os piercings nas sobrancelhas.

---

1. *Papa Can You Hear Me*, título da canção famosa de Barbra Streisand, do filme *Yentl* (1983)

Ele suspira. — Sim. Todo mundo me chama de Richard na casa.

Por que ele está chateado com esse fato? Se meu nome fosse abreviado para Xana e tivesse uma forma diminuta como Xan, eu usaria sempre o nome completo. Então, novamente, como disse Shakespeare: "Uma rosa com qualquer outro nome é igualmente doce", então, mesmo que meu nome fosse abreviado para Xana, eu ainda cheiraria como...

— Vamos continuar a turnê — diz Effie, girando sobre o salto agulha.

— Espere. — Richard coloca um cartão de visita na minha mão. — Sempre que você precisar de uma carona, me avise.

Uau. Eu tenho um motorista pessoal? E pensar que me senti como se estivesse esbanjando quando peguei aquele táxi até aqui.

— Serei o melhor motorista que você já teve — Richard grita atrás de mim enquanto nos dirigimos para a saída. — Você vai ver!

Sim, claro, assim como esta mansão é a melhor que já tive.

— Obrigada! — Viro-me para acenar para Richard enquanto saímos da garagem. — Para aonde vamos agora? — Pergunto a Effie quando estamos caminhando por um grande corredor.

— Guardei o melhor para o final — diz ela.

— Oh?

Ela abre um conjunto de portas francesas que levam

à estufa gigante que vi antes. — Já é hora de você conhecer Donatello, April e o Dra. Kelpcon.

Espere aí, agora são três tartarugas? Além disso, por que nomear a terceira como Dra. Kelpcon? Isso não parece um personagem das Tartarugas Ninja. A menos que esse fosse um dos vilões menores? Na verdade, parece mais uma convenção para pessoas que gostam de comer algas marinhas.

Meus pensamentos são interrompidos por um barulho estranho vindo de trás dos arbustos altos próximos. Soam como gemidos e batidas rítmicas. Os gemidos são dolorosos, como me sinto quando acordo de ressaca, especialmente se isso coincidir com a minha menstruação. Além disso, há um som de algo pesado e duro esfregando contra algo pesado e igualmente duro, como dois tanques abraçados.

Effie também deve ter ouvido tudo isso porque franze a testa. — Talvez eu devesse lhe mostrar outra parte da propriedade. As tartarugas parecem estar ocupadas no momento.

Não. Estou morbidamente curiosa agora, então, acelero o passo até limpar os arbustos e ver a origem do barulho... e meio que gostaria de ter aceitado a oferta de Effie.

Uma tartaruga gigante está montando outra tartaruga gigante pelas costas, e é tão hilário quanto intimidante. Ele – presumo – está usando um apêndice que mais parece um tentáculo de anime pornô do que um pênis. É mais longo do que seu longo pescoço, e ele está totalmente dedicado ao ato, estocando muito mais rápido do que você esperaria de uma criatura tão famosa e lenta. Ele também deve adorar isso, porque sua boca reptiliana está bem aberta e há baba pingando no casco da fêmea – novamente, presumo que seja o gênero.

Eu fico olhando para eles, sem palavras, e não apenas porque estou testemunhando o significado literal de "babando por você".

— Sim! Simples assim — Grita uma mulher de jaleco branco, fazendo-me notá-la pela primeira vez. — Você está fazendo um trabalho incrível, Don! Você está quase lá. Continue dando nela. Duro.

Tudo bem, eu tinha meus pronomes corretos.

Don – que deve ser a abreviação de Donatello – parece encorajado porque seus gemidos ficam mais altos e sua baba mais abundante.

Effie limpa a garganta com raiva.

A mulher de jaleco branco encara o mordomo. — Calma — Ela sibila. — Don está prestes a ejacular em April.

OK, eu não sou de ter vergonha, mas...

Só então, Don atinge o orgasmo – ou novamente, presumo – com um som que me assombrará para sempre. À medida que ele se afasta lentamente de April, fico preocupada que ela não tenha gostado da experiência. Ao contrário de Don, ela estava bastante zen durante todo o processo. Além disso, me pergunto se as tartarugas – ou qualquer animal – podem se apaixonar e, portanto, pode-se dizer que "fizeram amor"? Aliás, eles podem consentir com o sexo, como os humanos fazem? Se...

— Bom trabalho — diz a mulher de jaleco ruidosamente, interrompendo minhas reflexões filosóficas. Ela se vira para Effie. — Agora você pode falar.

— Estou aqui para apresentá-la à Senhora Papachristodoulopoulou — diz Effie severamente. — Você sabe, a pessoa que agora paga por tudo isso. — Ela gesticula ao redor do habitat.

A outra mulher parece me notar pela primeira vez. — Você é filha de Theo?

Eu concordo. — Você deve ser a Dra. Kelpcon.

— Chame-me de Acádia. — Ela estende a mão enluvada de borracha.

— Eu sou Sophia. — Aperto a mão com cautela, rezando para que ela não tenha sido utilizada para ajudar as tartarugas no acasalamento de alguma forma.

— É um prazer conhecê-la — diz Acádia. — E se você estiver livre no momento, gostaria de lhe contar todos os motivos pelos quais você deve manter o programa de reprodução em andamento.

Eu inclino minha cabeça. — Programa de reprodução? — Por favor, por favorzinho, que isso seja sobre tartarugas e apenas tartarugas.

Acádia pisca para mim. — Você não sabe sobre o programa?

— Nem todo mundo tem a vida em torno das tartarugas — diz Effie severamente.

— Isso é verdade — diz Acádia, e é claro que ela quer dizer "mas deveria". Ela se vira para mim. — Seu pai estabeleceu como objetivo pessoal trazer esta espécie rara de volta da beira da extinção. — Ela olha com carinho para o Romeu – quero dizer, Donatello – que agora está pastando alegremente na grama próxima. — Don gerou pessoalmente duzentos e setenta descendentes.

— Isso parece muito — digo.

— É um começo — diz Acádia. — Precisamos que a população chegue a mais de mil e quinhentas.

— São muitas tartarugas fazendo a 'festa' com duas costas — digo com um sorriso. — e dois cascos.

— Cágados — Corrige Acádia em tom professoral.

Oh. — Qual é a diferença?

— As tartarugas vivem no oceano, enquanto os cágados vivem exclusivamente em terra. As tartarugas são geralmente onívoras, enquanto os cágados são principalmente herbívoros. Os cascos de...

Eu desligo o resto, como tenho feito com outras minúcias ultimamente, porque estou preocupada que a informação extra possa tirar um dos termos relacionados à filosofia do meu cérebro antes das provas finais. Tudo o que sei é que as Tartarugas Ninja devem ser mesmo tartarugas porque comem pizza com frango e calabresa, então, são onívoras o tempo todo.

Em algum momento no meio da palestra, Effie se intromete para dizer que temos alguns assuntos importantes na mansão.

— Ah — diz Acádia. — Acho que vou repassar os fundamentos dos testudines em outra ocasião.

Testudines? Fundamentos? Sinto que poderia pegar o que ela falou até agora e transformar em uma dissertação de Biologia.

Quando voltamos para a mansão, pergunto a Effie qual é o assunto importante.

— Oh, eu só queria nos salvar de uma palestra de um dia inteiro.

— Obrigada — digo — Agora, se você não se importa, quero dar uma volta um pouco.

Ela se curva. — A casa é sua.

E assim é, e é por isso que examino tudo, cada canto, recanto e representação de tartaruga, sentindo-me cada vez mais sobrecarregada.

Antes de vir para cá, eu não tinha certeza do que fazer com minha riqueza, mas agora também não sei o que fazer com esta mansão. Há pessoas que dependem de mim para obter pagamentos, por isso, se eu administrar mal o meu dinheiro, perderão o seu sustento. Ah, e uma cereja no topo do bolo da culpa seria uma espécie em extinção, e Donatello se tornando uma tartaruga muito triste sem toda aquela ação.

Meu telefone toca.

É uma mensagem de Abigail:

Almoço às 2?

Respondo afirmativamente e espero que ela esteja pronta para me colocar em um caminho financeiro correto.

Voltando à garagem, faço o dia de Richard pedindo-lhe que me dê uma carona até a escola.

———

— Sexo de tartaruga? — Abigail quase se engasga com seu pãozinho californiano.

— Sexo de *cágado* — Eu corrijo com um sorriso. — Há uma enorme diferença.

— Certo, um mais longo que o pescoço.

— Por favor, *não* falemos sobre pau de cágado. — Coloco um pedaço do meu pãozinho na boca e resisto a me encolher. Não sou um esnobe alimentar, de forma alguma, mas o sushi da cafeteria da faculdade está para o sushi normal assim como as barras de granola estão para os Oreos fritos.

— Entendi. Nada de pau de *cágado* — diz Abigail. — Você teve notícias de Mason de novo?

— Não. Como eu teria?

Ela dá de ombros. — Ele parece um homem engenhoso.

Eu estreito meus olhos. — Falando em ser engenhoso, você já pensou no meu dilema?

— Mudando o tópico? — Abigail diz revirando levemente os olhos. — Tudo bem, eis o que você faz com o dinheiro parado e sem fazer nada em um banco: investir quarenta por cento em fundos de índice, depois, vinte por cento...

O que se segue é muito mais enfadonho do que o tratado anterior sobre tartaruga/cágado e inclui a temida matemática, mas me forço a ouvir e perguntar o que espero que se pareça com perguntas inteligentes.

Quando Abigail termina, pergunto: — Você acha que posso me dar ao luxo de me divertir um pouco?

Ela sorri. — Você pode se dar ao luxo de se divertir tanto que isso pode te matar.

— Então vou fazer um cruzeiro no Royal Ruskovian — Anuncio.

Desde que um amigo do Ensino Médio foi e me contou tudo com detalhes dolorosos, tenho vontade de ir.

— Você pode alugar um navio particular — diz Abigail.

— Não, eu quero toda essa experiência. Quero que eles me coloquem em uma mesa de jantar com algumas pessoas aleatórias de Iowa. Quero uma multidão enorme no show de mágica noturno. Quero...

— Norovírus? Gripe? Covid?

— Vou apenas lavar as mãos — digo com determinação. — Acho que você não quer ir?

Ela balança a cabeça. — Já tenho planos para o recesso.

Abro a boca para perguntar quais são os planos, mas alguém pigarreia.

Uma garganta masculina.

Viro-me em direção ao som e quase engasgo com meu sushi roll.

É ele.

O viking.

Mason Tugev.

O bilionário jogador de hóquei cuja aparência tenho feito o possível para esquecer, mas agora que essa aparência está na minha cara, não posso deixar de olhar para sua beleza feroz.

E então isso me atinge.

Estou na escola.

Ele não é um estudante.

Franzindo a testa, exijo: — O que diabos você está fazendo aqui?

Capítulo 8

Mason

— Vou escolher o caminho mais fácil — digo à jovem confusa que trabalha no escritório da tesouraria. — Introdução à Astronomia, Apreciação Musical ou Introdução ao Russo. Eu não sou exigente.

Depois de algumas idas e vindas, acabei matriculado em "Introdução à Educação Física" – um curso que provavelmente poderia ministrar muito melhor do que o professor. A razão do meu repentino interesse pela educação de adultos é simples: a segurança na universidade é bastante rígida, então, esta é a maneira mais fácil de obter uma carteira de estudante válida e acesso a todos os edifícios.

Uma vez dentro do campus, vou até o refeitório e, enquanto caminho, não posso deixar de me perguntar como Max descobriu a que horas Sophia e sua amiga almoçam todos os dias. Sophia não parece estar nas redes sociais, então, a menos que tenha aprendido pelo feed da amiga, ele deve ter acessado as câmeras da escola ou algo parecido.

Ao me aproximar de Joaninha, vejo que ela está no meio de uma conversa com a amiga loira dela.

Que porra. A referida amiga está vestindo algo que poderia muito bem ser uma fantasia nojenta de Halloween: uma camisa com botões rosa gigantes.

Respiro fundo para me acalmar. Estou aqui. Eu poderia muito bem acabar com isso.

Sentindo-me um pouco menos enojado, abro a boca para limpar a garganta, mas antes que eu tenha a chance, Joaninha diz: — Então vou fazer um cruzeiro no Royal Ruskovian.

Que porra é essa? Por quê? Theodore era dono de um iate, que agora é dela.

— Você pode alugar um navio particular — Responde a loira.

Ou usar uma linha de cruzeiro melhor, ou...

— Não, eu quero toda essa experiência — diz Joaninha. — Quero que eles me coloquem em uma mesa de jantar com algumas pessoas aleatórias de Iowa. Quero uma multidão enorme no show de mágica noturno. Quero...

— Norovírus? — A loira corta. — Gripe? Covid?

Sem falar em idiotas imundos dando em cima dela sem parar, uma ideia da qual eu não gosto veementemente.

Não tenho tempo de pigarrear antes que Sophia responda: — Vou apenas lavar as mãos. Presumo que você não quer ir?

A loira balança a cabeça. — Já tenho planos para o recesso.

Antes que Joaninha possa continuar essa conversa fútil, eu finalmente limpo a porra da garganta.

Espere. Isso foi rude? Joaninha se vira, franzindo a testa para mim do jeito que o diretor fazia na escola sempre que eu jogava um disco na janela do ginásio.

— O que diabos você está fazendo aqui? — Ela exclama.

Respiro fundo. — Oi. Me desculpe por ter te interrompido. — Aí, posso ser cordial... se *realmente* tentar.

— Espera aí. — Os olhos da loira, brilhando maliciosamente, vão de mim para Joaninha e vice-versa. — Você é Mason, certo?

— Não fale com ele — Joaninha sibila para sua amiga antes de se virar para me encarar. — Ele está de saída.

— Sim, sou Mason — Respondo à loira. — E você é?

— Abigail — A loira diz. — Sou a melhor amiga de Sophia, então, ela me contou tudo sobre você.

— Contou? — E foi um discurso furioso?

— Se você não vai embora, eu irei. — Joaninha fica de pé.

Parece que o tempo das sutilezas acabou. — Você disse que consideraria me vender o time.

Ela franze os lábios. — E eu considerei. — Ficando mais ereta, ela anuncia: — *Não* vou vender.

— Você não quer saber quanto estou oferecendo? —

Minhas mãos se fecham em punhos antes que eu possa detê-las, e Sophia percebe. Na verdade, ela olha para cada um deles com uma expressão estranha – provavelmente aterrorizada.

Eu abro meus punhos. A última coisa que quero que qualquer mulher tema de mim é a violência. Considero os homens que machucam as mulheres as formas de vida mais baixas do planeta. Na verdade, eles têm sorte de eu não ser o responsável por administrar este mundo, porque eles deixariam de existir nesse cenário.

— Não me importo com o preço — diz Sophia. — Não vou vender. — Ela não acrescenta "para você", mas tenho certeza de que é isso que ela quer dizer.

— Isso é estúpido — Respondo antes que possa pensar melhor.

— Ah, sim — diz ela, as palavras pingando veneno. — Me chamar de estúpida me deixa muito ansiosa para fazer negócios com você.

— Eu não *te* chamei de estúpida. — Se alguém é estúpido, sou eu por dizer essa palavra na frente de uma mulher. — Eu estava chamando de estúpida a estratégia de não vender o time sem saber o quanto você poderia ter. E se meu preço fosse vinte vezes maior que o valor do time? Trinta? Cinquenta?

— Talvez vocês dois devessem respirar fundo para se acalmar — Sugere Abigail. — Vocês podem querer discutir tudo isso... durante o jantar.

Um jantar onde Joaninha envenena minha comida?

— Fique fora disso — Joaninha diz secamente para sua amiga.

Abigail levanta as mãos. — Certo.

Respiro fundo para me acalmar, conforme sua sugestão anterior. — Olha, Sophia, se você não vai vender, o que pretende fazer com o time?

— Isso não é da sua conta — Joaninha rosna. Ao contrário de mim, ela parece ter feito o oposto de respirar fundo para se acalmar.

Meus dentes cerram por vontade própria. — Estou na porra do time. Isso faz com que seja da minha conta.

Ela se senta novamente. — Vou pensar no que fazer. Você não será consultado. Tchau.

— Você não sabe nada sobre esportes ou como dirigir um time — digo. — Ou negócios em geral.

Suas narinas se dilatam. — Eu vou aprender. Tenho certeza de que se um homem das cavernas como você pensa que pode fazer isso, não terei nenhum problema.

— Isso foi um bom insulto... uma raridade para você — Abigail sussurra para Sophia com aprovação. Ela me lança um olhar desafiador. — Posso ajudá-la com o lado comercial, em qualquer caso. Portanto, não há necessidade de você preocupar sua bela cabeça com isso.

E assim, as duas voltam à conversa, que por algum motivo agora envolve cólicas e absorventes internos. Caso elas decidam discutir os botões a seguir, tomo isso como minha deixa para sair.

Elas podem ter vencido essa partida – e quero dizer no sentido do hóquei –, mas eu vencerei o jogo.

Capítulo 9

Sophia

— E para um fluxo extrapesado — digo, mantendo uma expressão impassível. — Sabe, do tipo que parece uma cena do *Massacre da Serra Elétrica*, eu uso Tampax Pearl...

Abigail ri. — Ele se foi.

— Finalmente. — Sorrio como um vilão malvado. — Homem típico.

Rupert, meu ex-que-faço-o-possível-para-não-pensar, se engasgava com qualquer sugestão de "aquela época do mês", mesmo que fosse algo inofensivo, como uma discussão sobre sinais de pontuação ou uma viagem para Tampa.

— Para crédito de Mason, ele durou mais do que eu esperava. — Abigail balança as sobrancelhas. — Falando nisso, você também deve verificar a resistência dele... na cama.

— O quê?

Ela revira os olhos enquanto pega o último pedaço

de sushi com os pauzinhos. — Você deveria deixá-lo levá-la para sair, para discutir negócios, é claro, e depois, convidá-lo para um pouco de... Netflix.

— Não temos TV.

— Exatamente — diz ela. — Embora, dadas as vibrações entre vocês dois, talvez você devesse ser menos tímida e convidá-lo para uma foda com ódio.

É, não. Não sou do tipo que pode convidar alguém assim, mas mesmo se fosse, esse alguém *não* seria aquele homem. Graças em grande parte a Rupert, não quero nada com homens, seja um relacionamento, foda com ódio, ou até mesmo pedir-lhes para aparafusar uma lâmpada.

— Vejo que você está pensando demais nisso — diz Abigail com um suspiro.

Eu respondo com um suspiro. — Podemos falar sobre outra coisa? Por exemplo, como está indo sua procura de emprego? Você se inscreveu na Octothorpe?

A expressão ansiosa no rosto de Abigail me faz arrepender de ter perguntado. — Eu me inscrevi, mas não recebi resposta deles. No entanto, tenho algumas entrevistas com outras empresas agendadas após as finais. E você?

— Não há empregos no horizonte — digo. — Mas acontece que não preciso mais do dinheiro com tanta urgência.

Sinto uma pontada de culpa assim que as palavras saem da minha boca. É quase como se meu pai tivesse que morrer a tempo de eu não me preocupar em substituir Abigail como minha colega de quarto. Merda. Falando nisso. — Quer fazer uma festa do pijama na minha nova mansão?

Abigail fica de pé com entusiasmo. — Achei que você nunca iria perguntar.

———

Enquanto Richard nos dá uma carona, Abigail me conta o que aprendeu sobre como gerenciar um time de hóquei.

Acontece que o custo do time inclui a arena, os jogadores e a equipe.

— Eu possuo uma arena?

Ela assente. — Sim. No Brooklyn. Você também possui Mason... de certa forma.

— Como isso dá dinheiro? — Pergunto, ignorando a parte sobre Mason.

— Vendas de ingressos e produtos, patrocínios e contratos de TV — diz Abigail. — Pode haver mais coisas nas quais ainda não me aprofundei.

O sushi no meu estômago fica frio e pegajoso novamente. — Já me sinto sobrecarregada com minha riqueza recém-adquirida. Essa equipe parece uma grande dor de cabeça extra.

— Você não sabe nem a metade — diz ela. — Você precisará aumentar as receitas e/ou cortar custos. Os meios de comunicação e os fãs terão muitas perguntas para você. O...

— Talvez eu *devesse* vender? — Eu me pergunto em voz alta. — Não para aquele idiota, mas para alguém?

— O que você quiser fazer — diz Abigail. — Como eu disse a ele, posso ajudá-la a descobrir tudo isso.

Abro a boca para responder, mas noto a expressão de espanto no rosto da minha amiga.

Ah.

Certo.

Chegamos à minha morada não tão humilde.

— Sim. — Eu absorvo tudo mais uma vez. — É grande.

Ela sorri. — Isso é o que você dirá a Mason um dia desses.

Antes que eu possa responder, Effie salta da entrada e se curva como um mordomo de verdade.

Os olhos de Abigail brilham enquanto ela percebe toda a tatuagem que adorna a pele de Effie.

— Abigail, esta é Effie, o mordomo — digo.

— Você tem um irmão? — Abigail deixa escapar.

Sério? Mesmo que ela tenha, não é como se as tatuagens fossem genéticas.

— Sou filha única — diz Effie, com uma expressão confusa. — Por quê?

Porque minha amiga quer fazer sexo com seu irmão inexistente - e talvez com você também, pelo menos um pouco.

— Não há motivo — diz Abigail, corando. — Você simplesmente parecia o tipo.

Do tipo que tem um irmão? É uma certa letargia

nos olhos que uma irmã desenvolve depois de suportar inúmeras travessuras estúpidas?

— Você gostaria de outra turnê? — Effie pergunta, mudando de assunto.

Bela defesa. — Sim, por favor — digo. — Não estou familiarizada o suficiente com o lugar, para fazer justiça.

É assim que consigo outra turnê, e Abigail, a primeira. Algumas vezes tenho que dar uma cotovelada na minha amiga porque sempre que ela vê uma representação de tartarugas, ela ri loucamente, o que a faz parecer Floki dos *Vikings*.

— Pronta para ver os jardins? — Effie pergunta.

Abigail assente.

Seguimos até os domínios de Donatello e April e os encontramos fazendo exatamente a mesma coisa que faziam da última vez que estive aqui: transando como coelhos, embora eu ache que de agora em diante posso mudar essa expressão para "transar como cágados".

— Uau — Abigail sussurra. — Isso é um grande tacada.

Eu sorrio para ela.

— Não pare — De repente ouvimos Acádia gritar para Donatello. A médica claramente não percebeu nossa aproximação ou não se importa se foi ouvida. — Continue. Bem desse jeito. Sim. Sim. Sim!

Effie e eu trocamos olhares confusos enquanto Abigail sussurra: — Regra 34.

Acredito que a Regra 34 afirma algo como "seja lá o que for, é pornografia de alguém" e, se for assim, minha amiga está certa. A boa médica pode ter apenas um pequeno fetiche por grandes répteis fazendo isso, mas quem sou eu para me envergonhar quando fico molhada ao ver um punho?

— Quer ver a garagem? — Sussurro para Abigail.

Ela assente e vamos até lá, onde Abigail ri ao ver o Fusca parecido com uma tartaruga.

— Qual é o próximo? — Pergunto a Effie.

O mordomo dá de ombros. — Você me diz. Você viu a casa inteira agora.

Eu coço minha cabeça. — Que tal algo como uma cozinha?

Effie muda de um pé para o outro. — Você viu a sala de jantar.

Eu franzo a testa. — Certo, mas para onde vou quando fico com fome?

— Bem, duh — diz Abigail. — Você vai para a sala de jantar e diz ao seu incrível mordomo o que você quer.

Dado o olhar agradecido que Effie lança para minha amiga, aposto que se houvesse um irmão mordomo coberto de tatuagens, ela o ofereceria como agradecimento.

Eu me viro para Effie. — Eu não posso invadir a geladeira?

Effie torce o nariz, tilintando suas joias no processo. — Apenas me diga o que você hipoteticamente estaria procurando e eu vou conseguir.

— E se for no meio da noite? — Não que eu tenha

decidido se dormirei aqui regularmente, mas dormirei esta noite.

— Ela fica com fome de doces nos momentos mais estranhos — Abigail sussurra para Effie de forma conspiratória. — Isso me acorda toda vez que ela abre aquela geladeira idiota.

— Você ainda pode me chamar — diz Effie, mas ela parece menos segura agora.

— Eu não me sentiria bem fazendo isso — digo.

— Portanto, ela vai passar fome — Abigail interrompe. — O que significa que ela ficará irritada na próxima vez que você a vir.

Effie parece horrorizada com a ideia de uma "senhora" mal-humorada. — A cozinha é por aqui, mas por favor, só use em caso de emergência.

Então, visitamos a cozinha e explicamos à cozinheira – uma senhora idosa que conhecemos antes – que ela não vai ser redundante e que só vou aparecer neste ambiente quando estiver com vontade de comer um donut à noite.

— Tudo bem — diz a cozinheira. — Que tipo de donut é o seu favorito?

Eu conto a ela, e ela promete fazer alguns para guardar na geladeira à noite.

Uau. Quem diz que o dinheiro não traz felicidade claramente não considerou os donuts caseiros como uma variável.

— Você pode nos preparar um jantar? — Pergunto à cozinheira. — Com pipoca como aperitivo?

Quando Abigail me olha interrogativamente,

explico que quero assistir a um filme com ela na "sala de mídia" e, depois, jantar.

— Sim! — Abigail levanta o punho. — Esta vai ser a melhor festa do pijama de todas.

———

— Então — digo a Abigail na manhã seguinte, enquanto Richard nos leva de volta ao nosso micro apartamento. — Você quer se mudar para minha mansão comigo?

Ela franze as sobrancelhas perfeitas. — O deslocamento para a escola levará uma eternidade.

Faço um gesto para Richard. — Mas faremos isso com estilo.

Abigail coloca a mão na barriga. — Vou ganhar cento e oitenta quilos.

Ela tem razão. O jantar da noite passada e o café da manhã de hoje foram com qualidade de restaurante sofisticado, mas em quantidade de fast-food. E nem vou contar o donut da meia-noite que comi, um que ainda acho que pode ter sido um sonho molhado.

— Há uma academia — Eu a lembro. — Podemos malhar fora das refeições.

Ela inclina a cabeça. — Se eu disser não, você vai me deixar por minha conta?

— Não. Mas eu gostaria de alugar um apartamento melhor para nós.

Ela balança a cabeça. — Não posso pagar metade de

nada melhor. Não, a menos que eu consiga um emprego.

— Tudo bem — digo.

— Não, não está. — Ela coloca uma mecha de cabelo loiro atrás da orelha. — Dormir na sua mansão seria uma coisa, mas um apartamento é uma história totalmente diferente. Eu não posso deixar você...

— Sim, você pode. Você está me ajudando com esse negócio de time de graça ou esqueceu?

— Que tal termos mais algumas festas do pijama na mansão? — diz ela em um tom que me diz que sua mente está imutável. — Depois a gente conversa.

Tradução: depois da festa do pijama, ela vai me dizer o que é o que – o que é bom.

— Você tem uma vaga para estacionar? — Richard pergunta, e percebo que estamos parando na nossa rua.

— Uma vaga de estacionamento? — Abigail sorri. — Claro, fica ao lado dos estábulos.

— Você pode nos deixar e procurar um estacionamento pago? — Sugiro.

Estacionar aqui vai custar um braço e uma perna, mas preciso começar a pensar como uma pessoa rica.

Richard assente, mas como há um grande caminhão parado na entrada do prédio, ele nos deixa descer antes.

Enquanto descemos a rua, noto um homem passeando com um cachorro estranho e malhado, e algo nas costas largas do homem parece familiar.

— Ei — Abigail diz, seguindo meu olhar. — Aquele não é...

Sim. O estranho se vira e é Mason, em toda a sua glória viril.

— Você está me perseguindo? — Exijo, avançando sobre ele.

Mason levanta uma sobrancelha. — Estou apenas passeando com meu gato.

Paro meu olhar para verificar o cachorro estranho que vi antes, que, na verdade, é um gato grande. Um gato adorável, com orelhas pontudas e coloração de leopardo.

Estreito os olhos para Mason. — Como você sabia que eu gosto de gatos?

Porque sim, e sempre sonhei em conseguir um, só que nunca foi possível. Antes de as regras do nosso senhorio atrapalharem, era a alergia a gatos da minha mãe, sem mencionar a sua incapacidade de manter até mesmo o único ser humano sob seus cuidados, ou seja, eu, devidamente nutrido.

A sobrancelha escura de Mason se arqueia mais alto. — Como eu poderia saber que você gosta de gatos?

— Da mesma forma que você sabe onde eu moro — Respondo, apontando para o meu prédio. — e onde eu estudo.

Mason aperta a mão sobre a coleira do gato, um gesto que faz sua mão parecer muito com um punho para o conforto da minha calcinha. — Spike e eu estamos juntos há quatro anos. Eu acabei de te conhecer. Não sou um planejador tão bom.

— Que tipo de gato ele é? — Abigail canta, olhando

para Spike.

— Um Savannah — diz Mason com orgulho. — Antes que você pergunte, ele é um resgate e sei que a cidade não permite sua raça, por isso tenho uma licença especial para ele.

— Ele é super fofo — diz ela.

— É verdade — digo com relutância. Não tenho ideia de quanto custou essa licença ou como ela foi obtida, mas uma mulher com cágados gigantes que transam sem parar não deveria atirar pedras.

— Obrigado. — Pela primeira vez desde o nosso encontro, Mason sorri, e eu gostaria que ele não sorrisse, porque isso torna seu rosto já atraente demais, a ponto de afetar minhas partes íntimas da mesma forma que um punho premium faria.

Eu faço o meu melhor para me livrar disso. Severamente, eu digo: — Sério, o que você está fazendo aqui?

— Vim pedir desculpas. — Sua mão mergulha no bolso do agasalho. — E para dar isso a vocês duas. — Ele me entrega dois papéis.

— Ingressos? — Abigail exclama. — Eles são para...

— Final da temporada — diz ele. — Centro do gelo, bem ao lado do vidro.

Devem ser bons assentos porque os olhos de Abigail se arregalam em proporções cômicas. Assim que abro a boca para rejeitar a oferta duvidosa, ela começa a pular como uma adolescente prestes a ir ao show de sua boyband favorita.

— Obrigada! Obrigada! Obrigada! — Ela se derrete. — Eu estava morrendo de vontade de ir!

Olho para Mason, que me lança um olhar que diz: "Você realmente vai tirar isso de sua melhor amiga?"

— OK. — Arranco os ingressos da mão de Mason – um grande erro, porque meus dedos roçam os dele, e é como se toda a energia elétrica do poderoso martelo de Thor percorresse meu corpo. — Obrigada — Resmungo enquanto afasto minha mão.

Mason olha com admiração para os dedos que seguravam os ingressos. — Sem problemas.

— Bem, então — Murmuro. — Temos um lugar para ir.

— Tome café comigo. — Ele faz isso parecer uma decisão precipitada.

Merda. Estou realmente tentada?

Como se sentisse minha fraqueza, Spike se esfrega na minha perna, ronronando como um vibrador hiperativo.

Uau. Ele treinou seu gato para me convencer?

Talvez não apenas o gato. Ao meu lado, Abigail balança a cabeça tão rápido que parece um boneco que mexe a cabeça.

— Sinto muito, mas não — digo mais para Spike e Abigail do que para Mason.

E antes que a fofura felina seja ainda mais transformada em arma, corro para a entrada do nosso prédio.

———

Só quando estamos ambas em segurança dentro do apartamento é que percebo algo que deveria ter me ocorrido antes: sou dona do time e do estádio, então, não preciso de ingressos para ir ao jogo. Da mesma forma que não preciso de convite para ir à minha própria festa.

Grr. Pensar nisso por um segundo me senti grata ao homem.

— Então por que não tomar café com ele? — Abigail questiona, enquanto ainda estou processando, que ele, de alguma forma, me acertou.

Eu cerro os dentes. — Porque ele é um idiota e foi apenas uma desculpa para falar comigo sobre a compra do time. — Enquanto falo, ligo o item mais luxuoso do nosso lugar: a pequena máquina de cappuccino.

Abigail me observa com exasperação. — Olhe o que você está fazendo. Está até com vontade de tomar café. Você deveria ter dito sim.

Se desejar algo fosse um motivo para concordar, eu teria dois. — Só preciso de cafeína para minha palestra sobre o idealismo platônico.

Abigail bufa. — Eu não me importo com o quanto você planeja me dar um sermão; não concordarei que manter as coisas platônicas com um homem como Mason seja o ideal.

Não tenho certeza se ela está brincando ou não, não posso deixar de explicar: — De acordo com Platão...

— Seu seio direito ou o cara da Grécia Antiga? — Ela interrompe.

Eu suspiro. Foi um erro contar-lhe os apelidos

secretos dos meus seios: Platão (à direita) e Sócrates (à esquerda). Chamei-os assim porque os meus bens mamários são grandes e, em filosofia, não existe nada maior do que Platão e Sócrates.

— Eu quis dizer Platão, o Grego — Resmungo. — Ele acreditava que o mundo físico não é tão real quanto as ideias – ou formas.

— O cara devia estar querendo aprontar alguma coisa — diz Abigail. — Ou assistiu *Matrix* muitas vezes.

Eu sei que esse comentário é uma isca para que eu discurse toda a filosofia de *Matrix*, então eu ignoro. — As coisas no mundo real são meras imitações das formas ideais. Então, por exemplo... — Aponto para o micro-micro-ondas. — Em algum lugar – não me pergunte onde – existe o ideal platônico para um micro-ondas, e o nosso é uma péssima imitação desse ideal.

— O que pode ser dito de um micro-ondas dentro da Matrix — diz Abigail triunfantemente.

Dou de ombros. — Talvez seja isso que eu aprenda na palestra, mas nunca saberei a menos que esteja acordada. Há uma razão pela qual todos chamam nosso professor de Ambien[1].

Finalmente, ela deixa a questão do café em paz com Mason, e comemos algo e tomamos cafeína antes de eu correr para a minha palestra.

---

1. Ambien é um fármaco hipnótico (indutor do sono).

Estou sentada em frente a uma pista de gelo, com os olhos arregalados ao ver os jogadores: todos nus como ratos-toupeira, mas muito, muito mais gostosos.

Então vejo Mason, e ele é mais gostoso do que todos os seus camaradas juntos, e isso antes de notar seu punho fechado apertando seu taco de hóquei e seu outro punho acariciando seu pau duro.

Todos ao meu redor aplaudem, como se estivessem incentivando Mason a gozar.

Encontrando meus olhos, Mason dá um golpe habilidoso e habilmente manda o disco para o gol do time adversário.

Não tenho certeza de qual bastão ele usou para isso, mas isso me excita insuportavelmente.

Embora eu nunca tenha me considerado uma exibicionista, ignoro todas as pessoas ao meu redor enquanto minha mão entra furtivamente na minha calcinha e meu dedo circunda meu clitóris. Uma vez. Duas vezes.

— Sophia! — Mason grita enquanto seus golpes se intensificam. — Estou gozando por você, Sophia. Sophia!

— Sophia? — A voz do professor Ambien é como um aguilhão me cutucando na bunda.

Caralho. Apesar do cappuccino por precaução, ainda consegui cochilar e babar na minha mesa.

— Importa-se de nos dizer em que texto a Teoria das Formas foi introduzida pela primeira vez? — Ambien pergunta maldosamente.

Esfrego meus olhos duros. — *Fédon?*

Ambien parece desapontado. — Você deveria agradecer a Zeus por seu hábito de estudar com antecedência. A participação nas aulas representa vinte por cento da sua nota final e você quase perdeu.

Ele não deveria invocar Morfeu como seu deus grego preferido, visto que essa é a divindade dos sonhos e tudo mais?

— De qualquer forma — Ambien continua: —, na *República*, Platão...

Meus olhos ficam pesados novamente imediatamente, então mordo a língua para ficar acordada.

A última coisa que quero é voltar àquele sonho em que vi Mason nu.

Capítulo 10

Sophia

— Esses ingressos são incríveis — Exclama Abigail quando nos sentamos no dia do jogo. Minhas bochechas queimam. Estar aqui me lembra muito dos sonhos molhados recorrentes que tenho tido nas últimas duas semanas, mas não vou contar a Abigail – ou a qualquer outra pessoa – sobre eles de jeito nenhum. A menos que... talvez eu deva contar a um terapeuta? Acho que posso ter um agora, e desvendar minha infância traumática parece uma maneira divertida de passar meu tempo.

— Olha — Abigail aponta para o gelo. — Número Quarenta e Dois.

Não posso deixar de olhar, e lá está Mason, vestindo uma camisa de hóquei que não o faz parecer corpulento, como acontece com outros jogadores. Em vez disso, o uniforme me provoca com a promessa de que ele o tirará.

Espere, o quê? Ele não vai tirar. Não, a menos que eu esteja sonhando de novo.

Hum. Estou sonhando? Os jogadores não estão nus, mas a agilidade e habilidade que demonstram no gelo são impressionantes, especialmente no caso de Mason.

Exemplo: ele patina para frente, deixando seus companheiros para trás, e depois, tropeça no taco de hóquei que um cara do time adversário – Número Trinta – colocou em seu caminho. Se fosse eu, acordaria no hospital com uma concussão, mas Mason simplesmente cai de joelhos (como se estivesse pedindo em casamento) antes de atirar o disco daquela posição. E... ele marca!

— Você viu aquilo? — Abigail grita. — Ele acertou entre as pernas do goleiro!

Ignorando minha amiga, começo a assistir com atenção e fico encantada quando Mason marca outro gol.

— Isso foi incrível — disse um fã próximo a outro. — Ele manteve o disco, fez piruetas, passou entre o D, e depois marcou entre as pernas.

Sim. Foi incrível, e estou começando a ver que pontuar é algo em que Mason é muito bom – além de ficar entre as pernas das pessoas.

O jogo continua, mas então o Número Trinta bate em Mason bem ao nosso lado.

Ei! Isso é mesmo legal? Mason pode ser um idiota, mas não gosto de vê-lo espancado daquele jeito... ou de ver alguém espancado, na verdade.

Felizmente, Mason está bem, ou pelo menos é o que

presumo, já que, em vez de cair de dor, ele dá um soco bem no rosto do Número Trinta, e a multidão irrompe em resposta.

Eu suspiro, minha mão voando para minha boca. A princípio, tudo o que consigo pensar é que vi de relance um punho real. Então, fico petrificada porque o Número Trinta dá um soco em Mason de volta.

Ou tenta. Com a graça de um tigre patinador artístico, Mason se esquiva do dito soco e então acerta outro golpe, bem no olho do filho da puta. Todos ao nosso redor enlouquecem, com uma explosão de aplausos para Mason e obscenidades para seu oponente.

Espere. Por que estou com raiva do Número Trinta de repente? Por que eu quero vê-lo sofrendo? Foi isso que motivou os vikings – esse tipo de sede de sangue?

Eu culpo o pensamento de grupo. Os fãs claramente querem que Mason vença.

Os árbitros vestidos com roupas listradas chegam ao local e espero que eles expulsem Mason e/ou Número Trinta do jogo, ou pelo menos lhes apliquem uma penalidade severa.

Não. Subestimei claramente os níveis de violência considerados aceitáveis no hóquei. Os árbitros não fazem nada a nenhum dos dois e permitem que voltem ao jogo como se os golpes recentes fossem apenas uma troca de palavras salgadas.

— Cara — diz Abigail, abanando-se. — Se você não dormir com ele, outra pessoa irá.

Ela pode ter razão. À nossa direita, um grupo de

loiras está babando e ovulando, com olhares abutres voltados para Mason.

Grr. Agora, posso me relacionar não apenas com um viking normal, mas também com um *Berserker*. Algo verde está me dando vontade de uivar como um animal selvagem, espumar pela boca e colecionar couros cabeludos loiros.

Espere, esse último pode não ser algo que os vikings faziam.

Alimentando ainda mais minha ira, Mason olha na direção das loiras – ou pelo menos é o que penso a princípio.

Abigail me dá uma cotovelada no rim, provando que violência gera violência.

— Ele está procurando por você.

É inacreditável, mas é verdade. Mason olha para mim e pisca.

Pisca!

Antes que eu possa processar o efeito borboleta acontecendo em minha barriga, um companheiro de equipe passa o disco para Mason.

Vruuummm. Mason se transforma em um torpedo humano, avançando em direção ao goleiro, deslizando para o meio da defesa inimiga como um pau bem lubrificado em uma...

— Gol! — Aquele mesmo fã ansioso grita por perto, no momento em que a multidão enlouquece novamente.

OK. É oficial. Se todo o hóquei for assim, talvez eu

goste, mesmo que isso vá contra a minha natureza pacifista.

Um pouco como os vikings.

O jogo continua na mesma linha, com Mason como uma estrela do rock.

No final, os Yetis vencem e o estádio vibra em comemoração.

— Você quer ir para o vestiário? — Abigail grita em meu ouvido por cima do barulho. — Falar com o time?

Balanço a cabeça veementemente. — Eles podem me fazer perguntas como: 'Quais são seus planos?'. Sem mencionar que Mason tentará me pressionar para vender novamente.

Abigail suspira com resignação. — Podemos pelo menos tomar uma bebida?

Concordo com a cabeça e saímos do estádio em busca de um bar.

———

— Biscoitos e milk-shake de creme Bailey de novo? — Abigail pergunta com desaprovação enquanto o barman coloca a mistura de dar água na boca na minha frente.

Dou de ombros. — É a coisa mais próxima que este bar tem de uma sobremesa.

Ela revira os olhos. — Isso *é* sobremesa.

Em resposta, tomo um grande gole da minha bebida/sobremesa e me forço a não estremecer – o barman pegou pesado com o álcool.

— Então — diz Abigail depois de engolir sua cerveja com baixo teor de carboidratos ou o que quer que tenha. — Você já reservou o cruzeiro?

Eu concordo. — É em uma semana. Logo após as finais.

Ela franze a testa. — Você não vai se mudar para a mansão nessa época?

Sinto uma pontada de culpa com a lembrança. Depois de pensar um pouco, decidi morar na mansão, mas Abigail insistiu em ficar no apartamento que dividimos todo esse tempo. Foi preciso discutir muito, mas pelo menos consegui convencê-la a me deixar pagar antecipadamente minha parte do aluguel pelo restante do contrato.

— Richard disse que cuidaria da mudança — digo. — Vou colocar minhas coisas nas caixas depois de fazer as malas para o cruzeiro.

Abigail faz beicinho. — Vou sentir falta de ter você por perto.

— Igual. Mas veja pelo lado positivo... Você vai dormir no beliche de baixo, ou – e isso seria um luxo insano, eu sei – dormir em uma cama normal, para uma pessoa.

Claro, ela poderia simplesmente arranjar outra colega de quarto para o beliche, mas essa ideia me deixa estranhamente com ciúmes, o que é bobagem, considerando que tenho a opção de ficar no minúsculo apartamento com Abigail... pelo menos até ela encontrar um emprego, o que provavelmente não vai demorar tanto.

— Espere um segundo — diz ela, interrompendo meus pensamentos. — Aquele não é...?

Sigo seu olhar e quase engasgo com minha sobremesa, quero dizer, bebida alcoólica.

Mason acaba de entrar no bar, junto com uma multidão de caras cujos rostos reconheço do jogo.

Esta é toda a equipe Yetis, sem dúvida aqui para comemorar sua vitória – e eles não estão sozinhos.

As loiras que vi antes estão com eles e, embora isso não devesse importar, por algum motivo, me deixa mais irritada do que um demônio da Tasmânia cuja carniça suculenta acaba de ser roubada.

Largando minha bebida com um estrondo, fico de pé e vou direto para Mason.

Capítulo 11

Mason

Assim que entramos no bar, meus olhos se fixam em Joaninha, e meu pau fica mais duro do que um disco de hóquei – e essas coisas podem quebrar os ossos da sua mão.

Eu culpo o vestido que ela está usando. É decotado e mostra seus seios perfeitos em toda a sua glória de marfim. Não ajuda o fato de eu sempre ter sido um aficionado por seios, mesmo que esses seios estejam ligados a alguém com quem eu não deveria querer ter nada a ver.

Caralho. Já é ruim o suficiente ter pensado nessa mulher toda vez que me masturbei nas últimas duas semanas. Agora, ela está me dando tesão quando vestida? Se meus companheiros de equipe não gostassem tanto deste bar, eu faria um buraco na parede, mas depois do último incidente, o proprietário disse que nos baniria se quebrássemos a unha de alguém.

Verifico se meus companheiros estão olhando para Sophia, pronto para quebrar ossos em vez de paredes, se estiverem.

Não. Eles estão muito ocupados com a horda de marias-patins loiras que nos abordaram do lado de fora.

Cerro os dentes e culpo meu intenso turbilhão de emoções pela onda de endorfinas da vitória. Meus companheiros de equipe e eu fizemos tudo o que podíamos para queimar a energia maluca relacionada à vitória, desde bater de frente (uma tradição comemorativa em nosso esporte) até abraçar. Essa ida ao bar deveria ser uma continuação do jubileu, mas agora está arruinada, pelo menos para mim.

Não. Espere. Talvez eu possa oferecer-lhe bebidas e perguntar sobre a venda?

Ou talvez não.

Assim que Joaninha me vê, seus olhos se estreitam em pequenas fendas âmbar.

Fendas bonitas, mas, ainda assim.

Ela caminha com raiva em minha direção.

Isso não é bom.

— Não me sigam — Grito para meus companheiros de equipe barulhentos e corro para encontrá-la fora do alcance de sua voz.

Para minha surpresa, nem um único intrometido vem atrás de mim, provavelmente porque estão muito ocupados com as loiras.

Joaninha e eu ficamos cara a cara no meio do bar, e

ela quase bate em mim, seu amplo peito arfando e deixando meu pau louco.

— Você está me perseguindo de novo? — Ela questiona.

Eu mordo meu lábio superior. — Sim. Sempre trago toda a minha equipe quando estou à espreita.

— Você não quer dizer *minha* equipe? — Até suas narinas se dilatam de uma forma bonita, de alguma forma.

Com um esforço de vontade que deveria me render algum tipo de prêmio da paz, levanto as mãos, com as palmas voltadas à mostra. — Juro por nosso próximo jogo, não tinha ideia de que você estaria aqui. — Ela parece um pouco apaziguada, então eu continuo: — Por que você não me deixa te pagar uma bebida? Prometo não incomodar sobre a venda do time.

Será uma das coisas mais difíceis que já fiz, perdendo apenas para não olhar para os seios dela, mas se eu conseguir enterrar a machadinha com ela de uma vez por todas, então, talvez quando...

— Tudo bem — diz ela, para minha surpresa. — Uma bebida.

— Duas. — Não tenho ideia de por que acabei de dizer isso. Quanto mais bebidas, mais chances de cometer uma gafe social – que provavelmente envolverá seus seios.

— Fechado.

Ela me leva até sua amiga – Abigail, acho que era o nome dela. A expressão da amiga me lembra aquela que

Spike faz quando encurrala uma aranha infeliz no canto para "brincar com ela".

— Acabei de perceber que preciso ir — diz Abigail e finge se arrepender muito.

— Por quê? — Pergunta Sophia.

— Está relacionado à minha procura de emprego — diz Abigail. — Um amigo de um amigo me disse que conhece alguém na Octothorpe. Quero falar com eles o mais rápido possível.

Conversa emergencial sobre procura de emprego? À noite? Ela não poderia pensar em algo melhor?

Para minha surpresa, Sophia parece acreditar porque diz: — Você pode pelo menos ficar para mais uma bebida?

— Claro — diz Abigail.

Aponto para o barman. — Outra do que as mulheres estavam tomando e uma vodca para mim. — Voltando-me para Abigail, digo: — Sabe, tenho um bom amigo que trabalha na Octothorpe. Se o contato desta noite não funcionar para você, posso fazer uma apresentação. — E considerando que o contato desta noite é imaginário, por que daria certo?

— Isso seria incrível. — Os olhos de Abigail brilham de excitação, confirmando a suspeita de mentira.

Pela primeira vez, Sophia olha para mim quase sem hostilidade. — Por que você faria isso?

Dou de ombros. — Se Abigail conseguisse o emprego, Landon – esse é meu amigo - receberia um generoso bônus de recrutamento da Octothorpe e, portanto, me deveria uma.

— Ah, claro — diz Sophia, e pega um copo branco gigante do bar. — Eu deveria saber que isso iria de alguma forma beneficiar você.

Fico boquiaberto com a monstruosidade em suas mãos. — O que é isso?

Abigail ri e Sophia lhe dá um olhar normalmente reservado para mim. — É um milk-shake de biscoitos e creme Bailey.

Aperto os olhos para ver a atrocidade no vidro – que supera tudo ao seu redor, até mesmo o amplo seio de Sophia. — Isso é Oreo esmagado?

— Sim — diz Sophia revirando os olhos. — A bebida tem a palavra 'biscoitos' no título.

— E doce? — Embora eu não goste de misturas açucaradas, uma imagem surge em meu cérebro, onde estou espalhando calda de chocolate sobre seu pálido, macio e alegre...

— É usado como cobertura — diz Sophia. — É delicioso.

Eu secretamente reorganizo meu pau. — Provavelmente representa um quarto da minha ingestão diária de calorias.

Espere. Eu não deveria ter dito isso. Eu culpo muito sangue estar longe do meu cérebro.

Os olhos apertados estão de volta. — Você está me chamando de gorda? — Sophia sibila.

Abigail dá um passo para trás, como se estivesse preocupada que sua amiga pudesse explodir.

— Seu corpo é realmente perfeito — digo sinceramente, e meu pau se esforça contra minha boxer, como se em confirmação.

Um rubor se espalha de seu rosto até os seios, e isso me faz querer jogá-la por cima do ombro, como um homem das cavernas.

— A vodca não tem muitas calorias? — Sophia aponta para minha bebida.

— Touché — Respondo. — Uma única dose tem cerca de cem calorias, e é por isso que só tomo em raras ocasiões. — E não quero desenvolver um vício como meu avô – aquele que supostamente morreu de intoxicação por álcool antes de eu nascer.

Bom. Pensar na minha família diminuiu um pouco minha libido... isto é, até Sophia respirar novamente, fazendo com que seus seios subissem e descessem.

Abigail coloca o copo vazio no bar com um baque surdo. — Odeio interromper todo esse flerte voltado para dieta, mas realmente preciso ir.

— Boa sorte — diz Sophia.

— Obrigada — diz Abigail e sai correndo.

Sophia se vira para mim e toma um grande gole de sua suposta bebida. — Você acha que houve algum problema de trabalho ou ela estava apenas tentando nos deixar sozinhos?

Então ela não é tão ingênua quanto eu pensava. — O último, tenho certeza.

Ela inclina a cabeça – e até mesmo esse gesto é sensual quando ela faz isso, o que é uma loucura. — Você poderia *realmente* ajudá-la a conseguir um emprego na Octothorpe?

— Claro. — Pego meu iPhone. — Vamos trocar

nossos contatos para que você possa me passar o currículo dela.

— Que maquiavélico. — Ela pega o telefone. — Você só quer meu número.

Dou de ombros.

Ela engole o resto da sobremesa, depois me manda uma mensagem e garante que eu responda.

— Deixe-me pegar outra bebida para você. — Olho com cautela para seu copo vazio. — Você quer a mesma coisa? — Espero que ela diga não, porque se ela engolir outra dessas coisas, pode se tornar diabética e entrar em coma sob minha supervisão.

Ela examina as garrafas atrás do bar. — Quer tomar doses de tequila comigo?

Eu estremeço. — Tequila não combina comigo. — No sentido de que a tolerância ao álcool que meus genes estonianos me proporcionam desaparece quando bebo tequila – e isso depois de levar em conta o fato de que a maioria das marcas de tequila tem maior teor de álcool por volume do que a maioria das vodcas.

O sorriso sexy e maligno de Sophia me faz arrepender de ter admitido. — É tequila ou outro milkshake. Sua escolha.

Aceno para o barman. — Duas doses da sua melhor tequila.

— Não acredito — diz Jason, chegando com Parker no momento em que as doses chegam o bar. Sua fala é arrastada. — Você disse que nunca mais beberia 'xixi de minhoca'.

Porra. Esqueci que o time estava aqui e agora esses dois idiotas se aproximaram de nós.

— Jason, Parker, esta é Sophia — digo incisivamente. — A nova dona do time.

— Oh — Jason diz estupidamente.

— Nós vamos embora — diz Parker, parecendo muito mais sóbrio do que Jason, embora isso seja um nível abaixo.

— Antes de você ir — Sophia bebe a dose como se fosse água. —, não é um verme que você vê dentro de garrafas de mezcal. É larva de mariposa.

Por que a menção de vermes ou larvas de mariposas não ajuda a diminuir minha estúpida ereção? Um dos meus rapazes – quero dizer, colegas de equipe – me deu Viagra?

Jason dá uma cotovelada em Parker. — Mesmo as mulheres de quem ele gosta parecem shows da natureza.

Eu olho para os dois. Parker rapidamente entende a mensagem e arrasta Jason para a pista de dança, onde eles imediatamente começam a atacar as loiras.

— Jason está na equipe? — Pergunta Sophia. — Não me lembro de tê-lo visto no gelo.

— Ele é o goleiro, então, felizmente sua feiura fica coberta por uma máscara durante os jogos, poupando nossos fãs do horror.

— Isso é uma piada? — Sophia inclina a cabeça novamente. — Seu rosto é realmente muito bonito.

Não será depois que eu der um soco naquela cara estúpida, mesmo que eu não tenha ideia de por que de repente quero fazer isso. — Você quer ser apresentada? — Depois que ele ficar sóbrio, é claro, e sair do hospital que eu o coloquei.

Ela balança a cabeça. — Eu não saio com homens brutais. Ou até mesmo acho-os atraentes. — Ela não acrescenta "companhia presente incluída", mas posso dizer que ela quer.

Cerro os dentes e tomo a dose, depois faço uma careta.

Quer estejamos falando de larva de verme ou de mariposa, ainda é mijo de inseto.

Sophia parece gostar da minha expressão. — Outra dose?

— Isso é um desafio?

Ela responde pedindo mais quatro doses de tequila: "quanto mais barata, melhor".

Caralho. Nunca experimentei coisas baratas, mas ouvi dizer que tem um gosto ainda pior, por mais difícil que seja de acreditar.

— Saúde — diz Sophia e bebe a primeira dose, com o rosto alegre em vez de enjoado.

Quão ruim pode ser?

Eu tomo a dose e engasgo. É como se alguém extraísse as agulhas da porra do cacto com que esta bebida foi feita, as mergulhasse no esgoto e as raspasse na minha garganta.

E, ainda assim, milagrosamente, ainda estou excitado.

— Outra? — Sophia pergunta com um soluço.

Eu olho para ela. — Pode vir.

O que eu estou fazendo? Ela tem vinte e quatro anos e a desculpa de que seus lobos frontais ainda estão em desenvolvimento. Sou mais de uma década mais velho e supostamente mais sábio, então, deveria acabar com isso... mas pego o copo, fecho os olhos e sinto o gosto horrível mais uma vez.

— Admite a derrota? — Ela aponta para mais duas doses.

Ela não entende o que significa ser um atleta competitivo? Bebo não apenas a dose designada para mim, mas a dela também – e surpreendentemente, a última não parece tão ruim quanto as outras.

— Desista — digo quando recupero o fôlego. — Você terá intoxicação por álcool muito antes de mim.

— É, não. — Ela pede mais quatro doses, usa duas para me alcançar e acena para a próxima. — Quer desistir?

— Não, mas se isso é o que é preciso para evitar que você faça uma lavagem estomacal esta noite, que assim seja. — Empurro a tequila para longe.

Ela pisca seus cílios fofos para mim. — Você se preocupa tanto com meu bem-estar?

— Não — Minto. — Eu só acho que se você chutasse o balde, quem quer que herdasse o time depois de você poderia ser um pé no saco ainda maior.

— Ah — diz ela com um soluço. — Eu sou o diabo, você sabe?

— Exatamente — Respondo, então percebo que estou falando com os seios dela em vez do rosto, então levanto o olhar.

— Parece mais um monte de desculpas. — Ela sorri diabolicamente – o que, esperançosamente, significa que ela não percebeu para onde eu estava olhando. — Cabeça fraca.

Eu sou o adulto – ou assim me lembro, repetidamente. — Que tal pausarmos nosso concurso de bebida por alguns minutos e, em vez disso, dançarmos? — Sugiro.

Dado o quanto ela bebeu, ela terá dificuldade suficiente para se levantar daquela cadeira, muito menos para conseguir um movimento de dança.

Para minha surpresa, ela se levanta com apenas uma leve oscilação, embora mesmo isso possa ser minha visão levemente turva pregando peças.

Hum. Talvez as últimas doses ainda não tenham atingido seu fígado?

Eu mesmo me levanto da banqueta e o mundo ao meu redor desliza um pouco, como se eu estivesse de volta ao gelo, mas sem meus patins.

Percebendo meu desconforto, Sophia arqueia uma sobrancelha. — Pronto para aquela dança?

Pronto ou não, estendo minha mão para ela e, quando ela a pega, a sensação de sua pele macia em minha palma calejada faz meu pau já duro por muito tempo gritar obscenidades estonianas.

Quando Sophia não está olhando, eu me reajusto para poder andar apesar da ereção monstruosa.

De alguma forma, chegamos à pista de dança.

Meus companheiros de equipe formam um amplo círculo para nós, mas suas parceiras – as loiras –

parecem infelizes com alguma coisa, pelo menos se eu levar em conta os olhares feios que elas lançam para Sophia.

Sophia se inclina e seus lábios suculentos roçam minha orelha, deixando meu pau verde de ciúme e minhas bolas azuis de...

— Em vez de competir — Ela sussurra —, você quer fazer um tipo de dança mais cooperativa?

Eu me afasto para olhar para ela estupidamente. — Por quê?

— Porque vou conceder o concurso de tequila se você disser sim — diz ela.

— Não, quero dizer, por que dançar 'cooperativamente'? — E isso não significa apenas "dançar juntos"?

Ela dá de ombros. — Estou com vontade de deixar seu fã-clube loiro com ciúmes.

— Porra, sim. — Espere, eu disse isso em voz alta? Bem, tanto faz. Eu a puxo tão perto que posso sentir seu cheiro de manga e melancia. — Vamos dançar, porra.

Capítulo 12

Sophia

A pista de dança gira, mas Mason me mantém ancorada – ou, mais precisamente, sua virilha o faz enquanto eu esfrego nela com meu traseiro, remexendo-o. Na verdade, se formos precisos, é seu *pau duro* que é minha âncora – pelo menos presumo que é isso que está encostado na minha bunda, e não, digamos, seu taco de hóquei.

Meu plano de deixar as loiras com ciúmes pode estar indo muito bem. Todas elas parecem prontas para me eviscerar, depois, fritar minhas entranhas e saboreá-las com um copo do meu sangue.

Além disso, temo que as loiras tenham sido apenas uma desculpa. A triste verdade é que eu queria dançar com Mason.

Não. Isso é a tequila falando.

Mason não é...

Uma música lenta começa a tocar e braços fortes me viram.

— Precisa de um descanso? — Mason pergunta, com a voz rouca.

Balanço a cabeça, não confiando em mim mesma para abrir a boca, porque se eu fizer isso, aquele pau duro dele pode acabar lá de alguma forma.

Ele pega minha mão e coloca a outra nas minhas costas antes de começarmos a balançar ao som da música, como se fosse noite de baile.

Mate-me agora. Mason cheira como sempre imaginei que um viking cheiraria: partes iguais de bétula, gelo e testosterona. Sua proximidade torna os mamilos Platão e Sócrates tão duros quanto o pau que agora está contra minha barriga.

— Você acha que elas estão suficientemente ciumentas? — Mason murmura em meu ouvido, as palavras arrastadas.

— Quem? — Platão e Sócrates? Eles *estão* com ciúmes da parte inferior das minhas costas e da mão, onde Mason está me tocando.

Mason sorri. — Você esqueceu por que estamos dançando 'cooperativamente'?

Franzo a testa. Oh, merda. Ele está falando sobre as loiras. No meu estado de hiperexcitação, esqueci completamente que elas existiam, mas o sentimento não é mútuo, pois elas ainda lançam olhares cheios de ódio em minha direção.

— Eu não esqueci — Minto. —, mas agora que você mencionou, há outra coisa que podemos fazer que realmente as deixariam quicando. — Umedeço meus lábios secos e dou a ele meu melhor olhar sedutor por baixo dos cílios.

Uma selvageria brilha em seus olhos, e é tão assustadora quanto excitante.

Sua voz é um rosnado baixo. — Acho que sei do que você está falando. — Ele abaixa a cabeça.

Sem querer, me inclino em direção a ele, ficando na ponta dos pés.

Seus lábios colidem com os meus e ele engole meu suspiro.

Mason beija tão ferozmente quanto joga no gelo, e eu adoro cada milésimo de segundo disso. É tão bom, aliás, que o bar e o resto do mundo se tornam uma memória distante. Tudo o que posso sentir são seus lábios ásperos, sua língua exploradora e sua dureza cada vez maior contra a suavidade da minha barriga.

Ah, e ele acabou de dar uma apertada em Sócrates? Acho que sim, e adoro isso, assim como adoro a outra mão dele na minha bunda, me puxando cada vez mais para perto e...

O mundo volta à vista na forma da equipe Yeti torcendo e piando para nós como um bando de corujas sifilíticas.

Mason se afasta de mim de má vontade e rosna algo assassino para seus companheiros de equipe.

O bar gira ao meu redor e eu me agarro a ele para me estabilizar. — Você quer sair daqui? — Murmuro quando ele volta sua atenção para mim.

Com os olhos brilhando febrilmente, ele agarra

minha mão e corremos para fora – como se as loiras pudessem estar nos perseguindo com unhas coladas transformadas em garras e garrotes feitos de extensões de cabelo.

Pisco atordoada para a rua embaçada e iluminada pelos postes. — Para onde... — Soluço. — Para onde agora?

Ele aponta para o outro lado da rua. — Minha casa?

— Você mora dentro do estádio? — Isso é mesmo legal? Além disso, não sou a dona do lugar e, portanto...

— Não. — Ele pega meu queixo e vira minha cabeça levemente para a direita, seu toque fazendo meu corpo ficar arrepiado. — Aquele prédio, bem próximo a ele.

Se alguma parte de mim não tinha certeza se ir até a casa dele era uma boa ideia, esse último toque sela meu destino.

— Vamos. — Agarro a mão dele e acho que desmaio com a onda de luxúria resultante, porque a próxima coisa que sinto é entrar em um elevador, nossas línguas dançando como as mãos de Wandinha ao som de *Bloody Mary*, de Lady Gaga. Ou qualquer que fosse a música original do show.

O elevador abre para um apartamento, e estamos tirando nossas roupas enquanto meio que nos beijamos, meio que andamos por um corredor muito longo. Então, alguma coisa – espero que seja Spike, o gato – sibila para nós.

— Desculpe — Mason respira, afastando-se momentaneamente. — Acho que pisei no rabo dele.

Não tenho ideia do porquê, mas o que sai da minha boca em resposta é: — O único rabo com o qual você deveria se preocupar é o meu.

Minhas palavras claramente acionam algo. Mason rosna como um furioso, me levanta, me carrega para seu quarto e me deita como um sacrifício no altar de Odin.

Meu vestido sufocante é imediatamente removido, assim como meu sutiã, deixando Sócrates e Platão livres, com os mamilos quase dolorosamente endurecidos.

— Lindo — Mason murmura antes de rasgar minha calcinha como se ela fosse feita de papel de seda.

Eu mencionei que ele fecha o punho no processo? Bem, ele o faz, e este é oficialmente o período mais chuvoso que já tive na minha vida.

Ofegante, eu o vejo tirar as próprias roupas, até ficar apenas com a boxer.

— Isso também. — Faço um gesto para a cueca em forma de tenda com um dedo trêmulo.

Ele tira a boxer, liberando o pau que senti contra mim a noite toda.

Uau. Apenas uau. É grande, grosso, aveludado e, por outro lado, tão perfeito que pode ser apenas o ideal platônico de um pau, que faz com que todos os outros paus pareçam imitações flácidas em comparação. Não posso deixar de pensar em Nietzsche e no seu *Übermensch*. Além disso, parafraseando um pouco Nietzsche, se você olhar por tempo suficiente para esse pau, ele entrará em você.

Sim, eu batizo esse pau de Uber.

— Eu quero isso em mim — Eu deixo escapar.

As narinas de Mason se dilatam. — Não até eu provar essa boceta.

— Oh. Bem. Acho que posso ser paciente.

Com um sorriso malicioso, ele se abaixa e dá um beijo leve na minha boceta.

Todo o meu corpo se transforma em um arrepio.

As mãos calejadas de Mason cobrem Platão e Sócrates, e seus dedos fortes apertam os mamilos com a quantidade certa de pressão, como se ele tivesse tido anos para aprender o que eu gosto.

Seu próximo beijo pousa no meu clitóris, e é mais firme e maravilhoso que o último.

Eu me inclino para trás e fecho os olhos, dominada por todas as sensações.

Ele lambe minhas dobras, me fazendo gemer de prazer. Então, ele dá outro beijo ali. E outro. Ele lambe e circunda meu clitóris com a língua antes de beijá-lo novamente.

Meu gemido fica frenético e desesperado à medida que a pressão começa a crescer em meu núcleo.

Ele liberta Platão e Sócrates – e eles imediatamente sentem falta do seu toque. Mas, então, suas palmas deslizam sob minha bunda e ele me puxa em sua direção, sua língua me penetrando como se quisesse dar um prelúdio do que Uber fará.

Assim que o orgasmo está quase chegando, ele coloca a língua no meu clitóris, tornando-o plano e flexível – e então ele puxa minha bunda em sua direção mais uma vez, e eu gozo com um grito.

— Boa menina — Ele murmura asperamente. — Agora, goze em meus dedos.

Uma de suas mãos libera minha bunda e ele desliza um dedo dentro de mim, depois outro, enquanto seus lábios e língua giram em meu clitóris supersensível.

A sensação é intensa, e o orgasmo leva apenas alguns segundos para se formar completamente e bater em mim com força. Gozo ainda mais alto desta vez, e quando recupero o fôlego, ele me coloca de quatro, bunda e boceta expostas por trás para seu prazer visual.

Sua voz é um rosnado baixo e profundo. — Tão. Gostosa — Ele abre uma camisinha e embainha Uber. — Está pronta para mim?

— Infernos, sim — Suspiro. — Mas... você pode fazer algo por mim?

— Qualquer coisa. — Como que para confirmar as palavras, Uber se contorce.

— Você pode pegar um punhado do meu cabelo? — Desfaço meu rabo de cavalo. — E então, segure para que eu possa ver? — Sempre quis que um cara fizesse isso enquanto me fode, mas nunca me senti ousada o suficiente para pedir.

Sua mandíbula treme. — Como eu disse, gostosa pra caralho. — Agarrando meus quadris, ele entra em mim, superficialmente no início, depois, empurrando cada vez mais fundo até que estou deliciosamente esticada – e então ele estende a mão, agarra um punhado do meu cabelo e o segura com um punho apertado, cheio de veias e com os nós dos dedos brancos. ao alcance dos olhos.

Porra! Eu não deveria ter pedido isso a ele. A onda de excitação é tão extrema que minha visão fica manchada de branco. Há algo animalesco no quanto eu quero que ele me foda. Algo desesperador.

— Mais rápido — Ofego, olhando para o punho sem piscar. — Mais duro. Por favor!

Com um grunhido de prazer, Mason acelera o passo, avançando em mim com a mesma velocidade vertiginosa de quando patinou em direção ao gol inimigo.

Todo o meu corpo parece uma onda pulsante de sensações. — Mason! Ah, porra, Mason...

Ele interpreta minhas palavras como um convite para ir mais rápido e mais forte, sua mão livre apertando minha bunda enquanto a outra continua a agarrar meu cabelo com aquele punho glorioso.

— Goze para mim — Ele rosna, batendo em mim com estocadas poderosas, me empurrando ao limite.

Com um grito ofegante, eu gozo, tremendo ao redor dele.

— Caralho — Ele grunhe, e eu o sinto endurecer antes que ele se esfregue contra mim em sua própria liberação, me dando um choque final de prazer que me deixa completamente desgastada.

— É isso — Suspiro quando ele sai de mim. Eu me jogo na cama. — Vou desmaiar agora.

— Claro, Joaninha — Ele murmura, envolvendo seu

corpo quente (em todos os sentidos) em volta de mim.

— Bons sonhos.

Joaninha? Que seja. Depois do prazer que ele me deu, eu deixaria que ele me chamasse de escorpião. Talvez até uma barata ou um escaravelho.

Fechando os olhos contente, mantenho minha palavra e desmaio.

Capítulo 13

Mason

Acordo com uma dor de cabeça insuportável. É mais nítido do que quando fui atingido por um disco que viajou a 160 quilômetros por hora. Também tem uma textura de dor mais nauseante do que quando levei uma pancada na cabeça com um taco de hóquei.

Talvez alguém tenha batido minha cabeça no gelo dessa vez? Ou talvez eles estejam fazendo isso agora?

Não. O gosto ruim de tequila em meu hálito traz de volta alguns dos acontecimentos da noite passada.

Sophia me desafiou para uma competição de bebidas.

Espere. Sophia.

Abro os olhos e ignoro a batida infernal em minhas têmporas. Ela está aqui, enrolada em mim, como o cobertor mais maravilhoso da história dos cobertores.

Ah, merda. Tudo está voltando para mim agora, incluindo a parte em que eu a comi... e como isso foi incrível.

Ou eu sonhei essa parte?

Eu gentilmente a deslizo de cima de mim e dou uma espiada debaixo das cobertas.

Sim. Nós definitivamente fodemos de verdade. Devo ter desmaiado antes de me ocorrer descartar a camisinha, porque lá está ela, ainda na cama.

Pego a camisinha e deslizo cuidadosamente para fora das cobertas. Assim que meus pés descalços tocam o chão, cambaleio até o banheiro e uso meia garrafa de enxaguante bucal na tentativa de me livrar do gosto da tequila.

Isso não ajuda. Nem escovar os dentes. Desistindo, vou até a cozinha e bebo minha bebida eletrolítica feita sob medida, que consiste em água de coco, chá verde e suco de couve espremido na hora.

A bebida parece ajudar um pouco. Agora, em vez de sentir que estou sendo assassinado, sinto apenas que estou sendo torturado.

Então isso me atinge. Acabei de beber a mistura inteira. Quando Sophia acordar, ela precisará de eletrólitos tanto quanto eu, ou talvez até mais.

Então, apesar da dor de cabeça, me forço a preparar mais bebida. Eu até adiciono um pouco de suco de cenoura para adoçar – Joaninha parece gostar de doces.

Bebida feita, decido preparar também o café da manhã para nós. Comer ajuda na ressaca, mesmo que muitas vezes seja a última coisa que você deseja fazer.

Enquanto corto os vegetais, me permito processar o desastre que aconteceu na noite passada.

Dormi com a dona do meu time.

Não, pior.

Eu a embebedei *e depois* dormi com ela – e o fato de eu também estar bêbado não é uma boa desculpa. A mulher me detesta quando está sóbria, então, só dormiu comigo por causa da tequila. Pior ainda, eu a queria antes mesmo de começar a beber. Eu culpo seus peitos grandes. E aquele brilho travesso em seus olhos âmbar. Para não mencionar...

Há um barulho alto no quarto.

Porra! Ela deve ter caído.

Corro até lá com todas as minhas forças, me amaldiçoando por deixá-la sozinha, em primeiro lugar.

Para meu grande alívio, não é o corpo de Joaninha que está no chão. Em vez disso, meu colchão está.

— Sophia? — Olho em volta e verifico embaixo da cama.

É como se ela tivesse desaparecido no ar.

Então, ouço água correndo no banheiro.

Correndo até lá, eu bato.

Sem resposta.

— Sophia, você está bem? — Exijo em voz alta.

— Estou ótima — Ela grita acima do som da água corrente. — O colchão simplesmente escorregou.

OK, certo. Ela ainda deve estar bêbada.

Espero que ela termine, andando pelo corredor enquanto faço isso.

Ao me aproximar da estante, um dos troféus que exibi no topo cai em direção à minha cabeça.

Graças aos meus reflexos apurados no hóquei, pego a coisa e olho para cima.

Como esperado, é o gato.

— Isso não é engraçado — Rosno.

Parece que ele discorda. Eu suspiro. Não importa quantas vezes eu o repreenda por essas pegadinhas, ele ainda parece pensar que jogar merda na minha cabeça é divertido. E, também, jogar insetos que ele mata na minha comida.

A resposta de Spike é um olhar que parece dizer: *Eu poderia ter acordado você no meio da noite de novo, mas fui misericordioso.*

Então, novamente, talvez ele tenha tentado me acordar. Eu estava tão bêbado que nem teria notado.

— Faça isso de novo e não haverá salmão por um mês — Ameaço, fazendo minha melhor cara de blefe para garantir que ele não perceba que estou blefando. Não dar salmão a ele é como não me deixar entrar no gelo – uma forma de punição cruel e incomum que eu obviamente só aplicaria por um ou dois dias.

Spike balança o rabo, salta da estante e se esfrega na minha perna.

Sim. Isso é melhor. Pena que a ameaça só funciona por um curto período.

Terminando de amaciar, Spike caminha até um canto da sala, onde tem grande prazer em rasgar um pedaço de tecido rendado com suas garras.

Espere um segundo, porra. — Gato mau — digo a ele severamente. — Essa era a calcinha de Sophia.

Falando em Sophia, a água do banheiro parou. Corro de volta e espero que ela abra a porta, o que parece levar mais dez horas.

Finalmente, a porta se abre, liberando um monte de vapor. Ignorando isso, examino Sophia em busca de sinais de lesão. Não encontro nenhum, felizmente. Para minha decepção, ela está completamente vestida. E para minha inveja, ela não parece tão de ressaca quanto eu.

— Você está me perseguindo no banheiro agora? — Ela pergunta secamente.

— O quê? — Minha dor de cabeça se intensifica como se o troféu tivesse batido na minha cabeça.

— Esqueça. — Ela respira fundo e seus seios sobem e descem, fazendo meu pau se agitar. — É melhor eu ir.

— Espere. — Aponto na direção do colchão caído. — Você tem certeza de que está bem?

Além disso, lembro que ela não está usando calcinha, e a agitação no meu pau se transforma em uma ereção monstruosa.

Ela estreita os olhos. — Claro, não estou *bem*. Eu nunca deveria ter dormido com você, isso pra começar. Eu também não deveria ter deixado você me convencer a beber toda aquela tequila.

Eu cambaleio para trás. — Eu convenci você?

— Que seja. — Ela passa por mim tão perto que posso sentir o cheiro familiar de manga e melancia. — Estou indo agora. Não se atreva a me seguir.

E antes que eu possa oferecer outra refutação – ou a

bebida eletrolítica –, ela sai correndo do meu apartamento.

Troco um olhar confuso com Spike, cujo olhar parece dizer: *Posso sugerir que você seja castrado? Isso pode tornar sua vida muito mais fácil.*

Capítulo 14

Sophia

Alguns minutos antes

Acordo sobressaltada, sentindo-me tão enjoada quanto um cachorro envenenado por um gato malvado.

Onde diabos estou? Por que me sinto com tanta ressaca e, ainda assim, bêbada?

Assim que olho em volta e vejo minhas roupas espalhadas por toda parte, tudo volta à minha mente rapidamente: o bar, o punho de Mason agarrando um punhado do meu cabelo e, relacionado a isso, todos os orgasmos.

Falando nisso… onde está Mason? Ele me deixou sozinha na casa dele? Isso seria muito estranho.

Então, novamente, eu deveria estar feliz por ele não estar aqui. As coisas seriam infinitamente mais estranhas se ele estivesse.

Talvez eu devesse aproveitar a ausência dele e dar o fora daqui?

Sim, eu deveria.

Determinação e adrenalina limpam meu cérebro o suficiente para me permitir levantar da cama. Tudo bem. Localizo e coloco meu sutiã, ignorando o chupão na lateral de Sócrates.

Onde está minha calcinha? Procuro em todos os lugares, mas não a encontro. Tudo bem, tanto faz. Visto todo o resto antes de voltar ao mistério da calcinha desaparecida. Olho em volta com mais atenção, mas, ainda assim, não consigo encontrá-la em lugar nenhum.

Talvez eu devesse deixá-la para trás? Não, isso é estranho. Daí, ele terá uma lembrança da noite que prefiro que ambos esqueçamos. Além disso, estou me sentindo um pouco vulnerável sem ela.

Olho em volta novamente.

O que diabos aconteceu com ela? Mason a comeu ontem à noite? Existem calcinhas comestíveis, e estávamos muito bêbados.

Não.

Acho que me lembraria dele agindo como uma maldita cabra.

Esforço meu cérebro e evoco uma vaga lembrança dele arrancando a calcinha de mim em determinado momento. Infelizmente, tudo o que isso causa é me fazer sentir como se ela fosse derreter, de qualquer maneira, se eu a usasse agora.

Eu vasculho o ambiente mais uma vez. Mesmo que

a calcinha tenha sido danificada pelo tratamento rude de Mason, ela deveria estar aqui em algum lugar, certo? O cara é forte, mas não é forte o suficiente para quebrar calcinhas em átomos e espalhá-los no ar.

Ajoelho-me e procuro-a debaixo da cama.

Não.

Afasto a mesa de cabeceira da parede e olho atrás.

Zero calcinha.

Ela poderia de alguma forma ter ficado debaixo do colchão? As coisas ficaram muito selvagens, então é teoricamente possível. Arfando com esforço, levanto o colchão o máximo que posso, mas tudo o que consigo é que o colchão escorregue da cama e caia no chão com um baque ensurdecedor.

Caralho. Se Mason não tiver saído do apartamento, ele estará aqui em um segundo, e não estou pronta para enfrentá-lo – ou explicar por que eu estava verificando debaixo do colchão como um ladrão, na época em que o sistema bancário ainda não existia.

Pegando meus sapatos, vou direto para o banheiro e fico apresentável enquanto penso em como acabei cometendo um erro tão monumental.

Culpo o álcool, obviamente, e a competitividade dele… e a minha. O que procuro não pensar é o quanto gostei do que aconteceu porque também foi só o álcool, né? Com tequila suficiente, até um espantalho pode começar a parecer "fodível", quanto mais o sexo em forma de taco de hóquei que é esse homem.

No meio das minhas atividades no banheiro, ouço uma batida na porta.

Caralho.

A voz é profunda, sexy e indesejável. — Sophia, você está bem?

— Estou ótima — Grito de volta. — O colchão simplesmente escorregou.

Quais são as chances de ele aceitar isso e ir embora?

Aparentemente zero, porque quando termino e abro a porta furtivamente, lá está ele, parecendo tão gostoso que fico tentada a ir para a segunda rodada.

Espere, estou louca?

— Você está me perseguindo no banheiro agora? — Respondo, tão irritada comigo mesma quanto com ele.

— O quê? — Ele pergunta, franzindo a testa, depois estremece.

Eu deveria estar feliz por ele também estar sofrendo, mas é o contrário. — Esqueça. — Respiro fundo para clarear a cabeça. — É melhor eu ir. — Antes que eu, de alguma forma, acabe na cama dele de novo, ou naquele colchão no chão. Ou no tapete. Ou no chão puro.

A tentação é chocantemente forte.

— Espere. — Ele aponta para o colchão. — Você tem certeza de que está bem?

Ele está zombando de mim? — Claro, não estou *bem* — digo — Eu nunca deveria ter dormido com você, isso pra começar. — Eufemismo do século. — Eu também não deveria ter deixado você me convencer a beber toda aquela tequila.

Ele olha duas vezes. — Eu convenci você?

— Que seja. — Para ser honesta, talvez eu tenha

desempenhado um papel maior no desastre da tequila do que estou disposta a admitir – e pior ainda, talvez eu tenha usado isso como desculpa para acabar exatamente na situação em que estou. — Estou indo agora. Não se atreva a me seguir.

Pronto. Eu saio pisando forte, mas uma parte de mim – é verdade, a mesma parte insana que quer mais orgasmos – espera que ele não me escute e me persiga.

Mas ele não o faz.

O que é bom.

Certo?

Quando estou lá fora, pego meu telefone e vejo um milhão de mensagens de Richard.

Merda. Mais um erro: depois que ele nos deu carona até o estádio, deixei Richard esperar por nós, depois fiquei bêbada e esqueci dele.

Eu examino as mensagens com culpa. Elas começam sendo apenas educadamente curiosas, mas lentamente ficam cada vez mais em pânico.

Ligo para ele imediatamente e passo uns bons quinze minutos assegurando-lhe de que não estou morta em uma vala em algum lugar e que preciso de uma carona.

— Estarei aí em um minuto — diz ele, ainda parecendo aliviado por eu não estar morta.

— Um minuto? — Pergunto.

— Sim — diz ele. — Ainda estou perto do estádio.

Eu sou a pior. — Você dormiu no carro?

— Sim, mas não é um problema — diz ele. — Apenas me diga que você está bem da próxima vez.

Próxima vez? Existe caminhada da vergonha, mas parece que vou fazer uma carona da vergonha. — Sinto muito — digo sinceramente.

— Estou feliz que você esteja bem — diz ele novamente e desliga.

Não haverá uma próxima vez. Se houver alguma chance de eu sair e ficar bêbada, pegarei um Uber.

Espere.

Eu *cavalguei* em algo que chamei de Uber ontem à noite.

Um rubor se espalha por todo o meu corpo com a lembrança.

Quão hipnotizada fiquei pelo pau de Mason que esqueci que a palavra Uber já está em uso?

Bem, vou usar Lyft de agora em diante, ou Richard. Duvido que consiga "andar de Uber" novamente. Não sem ficar molhada.

Então algo mais me ocorre. Pode ser que seja culpa de Richard eu ter chamado o Uber de "Uber". Richard quer que todos o chamem de Dick – que é gíria para "pau" –, e ele é meu serviço de carona, então, talvez, inconscientemente, eu tenha começado a associar paus a passeios de carro?

Como tantas vezes acontece quando penso no subconsciente, a filósofa que há em mim começa a ponderar questões como: "Você pode provar que outras pessoas além de você são conscientes?" Uma pergunta ainda mais interessante é: "Os animais estão conscientes?". Se estiverem, e os platelmintos? Alguns platelmintos se rasgam ao meio quando querem se reproduzir, e então, essas metades regeneram as partes perdidas do corpo para se tornarem dois platelmintos, com memórias aparentemente intactas. O que acontece com a consciência do platelminto durante esse processo? Se for retida, significa que partes do corpo podem ter consciência e, se for esse o caso, pergunto-me se Platão, Sócrates e Uber estão conscientes.

A buzina de um carro me distrai de minhas reflexões filosóficas, então, entro com relutância no carro de Richard e passo a viagem para casa me desculpando.

— Conte-me exatamente o que aconteceu — Exige Abigail durante o almoço no campus no dia seguinte. — Não pule nenhum detalhe.

Sim. Claro. Essa última parte não vai acontecer, mas dou a ela uma versão mais leve dos eventos, encobrindo o quanto me diverti. Apesar da minha censura, Abigail escuta com uma expressão preocupada no rosto, como se seu cérebro estivesse prestes a explodir ou ela pudesse ter um orgasmo indiretamente.

— Então, o que vem a seguir para vocês dois? — Ela questiona quando eu termino.

— Nada. — Nada de vender o time para ele e nada de viagens de Uber para mim.

Ela rejeita minhas palavras como se fosse uma mosca irritante. — Ele ligou para você?

— Ligou. — E ignorei suas ligações incessantes,

bem como as mensagens de texto e até mesmo um e-mail – e esse último foi estranho porque acho que não dei a ele meu endereço de e-mail.

O rosto de Abigail cede. — Você não respondeu a ele, não é?

— E não vou. Nem tente me convencer disso.

Ela olha para algo por cima do meu ombro, e seu sorriso me lembra como Spike ficaria se comesse um canário. — Que tal conversar com ele cara a cara?

Eu sigo seu olhar.

Caralho.

Seguindo em nossa direção está Mason, e ele está segurando uma bandeja de almoço com suas mãos grandes que parecem punhos demais para meu conforto.

— Acabei de lembrar que preciso editar um artigo. — Eu me levanto e saio correndo do refeitório como se eu fosse o canário mencionado e Mason fosse Spike.

Estou tão impressionada com o quase acidente que fico bem acordada na aula do professor Ambien, o que é ruim. Ambien é tão péssimo como professor que quase me faz não gostar de Filosofia. Nisso, a palestra me lembra a cena de *Laranja Mecânica*, onde os olhos do anti-herói foram forçados abertos para terapia de aversão.

Enquanto Richard me leva para casa depois da aula, verifico meu telefone e encontro mais algumas mensagens de Mason, sendo a minha favorita:

Fugindo? Quão maduro.

Ele tem razão. Eu deveria encará-lo e explicar com

calma que não quero vê-lo, mas não consigo fazer isso, e não apenas porque dizer isso seria uma mentira descarada. Acho que uma parte de mim tem medo de ter outro orgasmo.

— Você deveria jantar — diz Richard, encontrando meu olhar pelo espelho retrovisor.

Ah. Certo. Há uma lancheira ao meu lado e, quando a abro, encontro a última obra-prima da chef: crepes com Nutella e frutas vermelhas, com pedacinhos de ovo, presunto e queijo.

À medida que como, percebo que estou me adaptando rapidamente à minha nova riqueza – e não apenas gastronomicamente. Nas últimas duas semanas, conheci a equipe e descobri uma maneira eficiente de administrar minha casa. Graças a Abigail, tenho um controle firme sobre alguns dos meus investimentos – com exceção do time de hóquei, mas mesmo isso parece estar funcionando por enquanto.

Ao chegarmos ao portão da minha mansão, vejo uma pessoa vagando por perto. Reconheço-a imediatamente e a tentação de fingir que não estou neste carro é muito forte.

— Quem é aquela? — Pergunta Richard.

Eu suspiro. — Minha mãe.

Capítulo 15

Sophia

R ichard para e eu não o impeço, embora devesse.

Em vez disso, saio e olho para ela, meu coração apertando dolorosamente.

Mamãe parece tão horrível que suas fotos de "antes" e "depois" poderiam ser usadas para uma campanha antidrogas.

— *Agápi mou* — diz ela, fazendo meu coração apertar ainda mais.

— Olá, Eleni — Respondo.

Ela ri amargamente. — Chega de 'mamãe', hein?

— Como você me achou? — Ela é uma das duas razões pelas quais não uso mídias sociais, sendo a outra, Rupert.

Quando ela franze a testa, percebo que a maioria de suas rugas é específica da expressão, e quase nenhuma mostra que um sorriso já tocou suas feições.

— Como eu te encontrei? — Ela bufa. — Você faz

parecer que não queria ser encontrada pela sua própria mãe.

Por onde eu começo? — Eu sei sobre o papai. Eu sei que ele realmente não me abandonou. Que você inventou tudo isso.

Ela estreita os olhos para mim e, assim como acontece com a carranca, você pode dizer que isso é algo que ela fez com frequência suficiente para deixar sulcos permanentes em seu rosto. — Eu sou 'Eleni' e ele é 'pai' de repente? Aquele *malákas* era um maníaco por controle e dominador, e estou feliz por ele estar morto!

Eu solto um suspiro frustrado. Quero dizer, o que eu esperava que ela diria? Mesmo assim, sinto-me compelida a tentar. — Controlador? É porque ele pediu para você se internar na reabilitação?

Ela achata os lábios. — Ele também me dizia o que vestir e como falar.

Tradução: ele provavelmente pediu a ela que não se vestisse como uma prostituta e xingasse como um marinheiro no navio de Odisseu.

Suspiro profundamente. — Por que você está aqui?

— Eu queria te ver.

Eu giro no lugar. — Pronto. Já me viu. Tchau.

Ela se irrita. — Você não vai me convidar para sua nova mansão?

— Não posso — digo gentilmente. — Você sabe disso. Não posso mais ser seu facilitador.

Seu queixo treme numa imitação perfeita de Claire Danes. — Então você vai me deixar morrer de fome na rua?

— Eleni... mãe... — Eu respiro fundo. — Que tal outra reabilitação? Eu pagarei por isso. Basta escolher a melhor. Será como ficar em um resort: todas as suas necessidades serão atendidas.

Ela solta todos os palavrões gregos que já ouvi e alguns que não ouvi, culminando em um "vadia ingrata", bem inglesa.

É preciso tudo o que tenho para manter a calma. — Essa é minha melhor e última oferta — digo calmamente quando ela termina. — Quando você estiver pronta para aceitar, me avise.

E com isso, volto para o carro e digo a Richard para me levar para casa, lutando contra as lágrimas o tempo todo.

———

Já em seiscentos anos a.C., os antigos gregos notaram que o humor dos pacientes melhorava sempre que havia cavalos por perto. Foi assim que o conceito de terapia com animais de estimação começou, mas duvido que alguém tenha usado tartarugas gigantes dessa forma antes de mim. A menos que papai tenha feito isso? De qualquer forma, hoje é um dia raro em que não vejo Donatello, April e a Dra. Kelpcon no meio do coito, e acho que observá-los pastando na grama – apenas as tartarugas, não a doutora, é exatamente o que preciso depois do encontro com minha mãe.

Eventualmente, fico calma o suficiente para estudar

para as próximas provas finais e até terminar alguns trabalhos.

Quando termino meus estudos, me recompenso jogando videogame na tela gigante do meu cinema particular. O jogo em questão é *Assassin's Creed Valhalla*. Nele, eu interpreto uma viking que invade cidades sem remorso, mata hordas de pessoas e lentamente expande sua influência sobre a Antiga Grã-Bretanha.

Você sabe, exatamente o tipo de jogo que uma pacifista como eu deveria jogar.

Acabei de conhecer Ivarr (um dos filhos mais sanguinários de Ragnar) pela primeira vez quando Effie entra com meu jantar, curvando-se daquele jeito que deve ter sido ensinado a ela na Escola de Mordomos de Hogwarts.

— Ah — diz ela. — Você está prestes a procurar pelo Rei Burgred.

— Ei, sem spoilers — digo severamente, depois pego a comida e me absorto no jogo novamente até ficar tão cansada que começo a adormecer no meio da batalha. Nesse ponto, vou para minha cama muito luxuosa e muito reveladoramente não-é-um-beliche.

Exceto que agora que estou aqui, o sono me escapa. Como sempre, os pensamentos sobre Mason são a causa. Ou, para ser sincera, o tesão me mantém acordada.

Grr. Eu esperava que, depois de todo aquele jogo, finalmente conseguisse dormir sem recorrer à masturbação, mas não foi assim.

Agarrando meu vibrador, vou para a parte sul, fazendo o meu melhor para não pensar no punho de Mason... e, sem surpresa, falho.

<h1 style="text-align:center">Capítulo 16</h1>

<h2 style="text-align:center">Mason</h2>

— Vamos, Engravatado, mais uma repetição — Jason insiste.

Landon grunhe enquanto levanta o dobro do peso de seu corpo.

Não será bom para o seu ego já crescido que eu lhe diga isso, mas isso é bastante impressionante. Duplamente quando você lembra que, ao contrário dos meus companheiros de time, Landon não é um atleta profissional e não precisa estar em ótima forma para seu trabalho de colarinho branco.

— Ele joga? — Parker sussurra em meu ouvido enquanto Landon faz outra repetição, com as veias saltando em seu pescoço.

Eu balanço minha cabeça. Outra coisa que não direi a Landon é que a pergunta de Parker é um grande elogio: é o equivalente a dizer "esse cara parece durão como jogador de hóquei".

— Então, Mason — diz Landon quando sai do banco. —, você já é dono do time?

Ignoro a pergunta porque ele sabe perfeitamente que não. Ele está apenas tentando me irritar, o que me faz querer bater na porra da cabeça dele com um haltere. — Você está pelo menos trabalhando nisso? — Jason pergunta preocupado.

Dormir com Sophia conta como "trabalhar nisso"? E todas as minhas tentativas patéticas de me comunicar com ela, aquelas das quais nem tenho certeza se tratavam de aquisição de equipe?

— Eu tenho um plano. — Lanço um olhar para Landon que diz: "Eu poderia estrangulá-lo com aquela barra e todos pensariam que simplesmente não consegui te alcançar a tempo".

Meu olhar sinistro falha claramente porque Landon diz: — Se por 'plano' você quer dizer 'a façanha mais perseguidora que já ouvi'.

Os ouvidos de todos os meus companheiros de equipe próximos se animam e Jason fala por todos eles quando pergunta: — Qual é o plano?

Eu olho para eles.

Landon diz: — Jurei segredo.

— Segredo significa nem mesmo sugerir qual seja o segredo — digo para Landon antes de me virar para Jason. — É preciso saber e você não precisa saber.

Meus companheiros de time são grandes fofoqueiros, e não quero que Sophia saiba de alguma forma sobre meus planos, já que isso arruinaria tudo.

— Tudo bem, próximo tópico — diz Jason enquanto

pega alguns halteres e se deita no banco para fazer levantamento. — O que todo mundo vai fazer nas férias?

Todos eles se revezam compartilhando, mas eu fico fora da conversa. Todos os anos, finjo que passo um tempo com minha família porque não consigo contar a verdade a Landon ou aos meus companheiros de equipe: meus pais não querem me ver ou mesmo ter notícias minhas, principalmente durante as férias, e mais ainda se os feriados forem de natureza religiosa.

Está tudo bem, no entanto. Spike é como uma família para mim e podemos passar um ótimo Natal sozinhos.

———

Com os músculos agradavelmente doloridos do treino, ando na esteira da minha mesa e reviso meus investimentos. Como é meu novo costume, pensamentos sobre Sophia me distraem, mas de alguma forma, eu me concentro e compro algumas ações que Landon sugeriu anteriormente. Como foi a sugestão de Landon que me levou a comprar a Octothorpe na hora certa, trato suas dicas de investimento com muito respeito.

Depois de terminar com as ações, tento entrar em contato com Sophia novamente.

Não.

Neste ponto, não espero uma resposta, mas acho que ainda estou esperançoso, embora essa esperança esteja desaparecendo rapidamente. Parece cada vez mais provável que terei que recorrer ao que Landon apelidou de minha façanha mais perseguidora.

Na verdade, sim, eu decidi.

Se Sophia não responder milagrosamente à minha última mensagem quando eu terminar de passear com Spike, puxarei o gatilho do meu plano.

———

Há um grande problema em passear com o gato, e isso se chama cães. No caso de Spike, isso é ainda mais complicado porque ele representa um perigo maior para muitos dos cães que encontramos do que vice-versa. Ele poderia machucar gravemente até mesmo as raças mais ferozes se elas forçassem suas garras – embora esses cães tivessem que passar por cima do meu cadáver primeiro. Curiosamente, Spike gosta de cachorros e tem alguns amigos entre eles – alguns que não se comportaram como idiotas ao conhecê-lo quando ele era um gatinho.

É por isso que ele parece animado quando vê um desses amigos – um Papillon chamado Sir Francis.

— Olá — diz Jack, uma das pessoas que costuma acompanhar Sir Francis.

— Ei — Respondo.

Esta é a desvantagem dos cães amigáveis; você tem que socializar com seus cuidadores. Mas, ei, ouvir Jack falar sem parar vale a pena porque Spike parece estar se divertindo muito – e até mesmo se comporta bem quando Sir Francis cheira sua bunda e tenta montá-lo.

Acho que esse é o melhor elogio para cães. Nesse caso, Spike o devolve quando lambe as orelhas gigantes e fofas de Sir Francis.

Não sei por que, mas assistir a essa peça idílica me faz pensar em um dia começar uma família, uma família humana, mas também talvez com um cachorro amigo de Spike. A parte mais estranha é que o rosto – e os seios – de Sophia vêm à mente neste exato momento. Mas isso é uma loucura.

Falando em loucura, quando Spike e eu chegamos em casa, não há resposta de Sophia.

Vou fazer isso então?

Para ter certeza de que a decisão não é motivada apenas pelo meu pau, eu me masturbo pensando em Sophia enquanto penso.

Assim que minha mente está clara novamente, reavalio minhas opções. Não, ainda não vejo alternativas. Com um suspiro externo – e mais do que um pouco de excitação interior – entro no computador novamente e coloco meus planos em ação.

OK, está feito – e me sinto da mesma forma quando executo uma jogada ousada no gelo.

Sophia ainda não percebeu isso, mas, como muitos goleiros, ela está prestes a achar difícil ignorar-me.

Capítulo 17

Sophia

— **P**ara as férias de inverno! — Levanto minha imitação de Fanta feita na cafeteria em um brinde e olho em volta.

Abigail faz beicinho. — Ainda tenho outra final para fazer.

— É uma merda ser você. — Mostro minha língua para ela de brincadeira, enquanto ainda fico de olho no que está ao meu redor. Você nunca sabe quando um jogador de hóquei desonesto pode aparecer. — Esta é minha última chance de falar contigo antes de partir para Porto Canaveral. Richard está me esperando lá fora para me levar ao aeroporto e, quando eu estiver no navio, ficarei incomunicável.

Ela suspira. — Você sabe que pode se dar ao luxo de ter Wi-Fi a bordo, certo?

Eu zombo. — Não me importa o quão rica sou, não vou pagar esses preços pelo Wi-Fi, especialmente quando ele é muito mais lento do que o que tenho em casa. De qualquer forma, nenhuma internet faz parte do charme. Uma desintoxicação digital. Vou até deixar meu telefone no modo avião enquanto isso.

— Modo avião? — Ela parece horrorizada.

Dou de ombros e dou uma olhada ao redor mais uma vez. — Os vikings navegaram sem redes sociais e adoraram.

— Você está planejando matar e pilhar muito? — Ela pergunta.

— Apenas fazer compras e tomar sol quando estivermos em terra, e olhar meditativamente para o horizonte enquanto estivermos no mar.

— Tomar sol no inverno? — Ela torce o nariz.

— É melhor que caminhar na neve. — Desta vez, olho para trás, só para garantir.

Quando me viro, Abigail parece presunçosa. — Você está esperando que ele apareça?

— Não. — Talvez. É estúpido, eu sei, mas quero dar uma olhada nele antes de partir. Infelizmente, quero dizer, felizmente, ele parou de me perseguir fisicamente há algumas semanas. Até mesmo suas mensagens de texto e ligações cessaram nos últimos dias.

— Você poderia simplesmente ligar de volta para ele — Ela sugere.

— E encorajá-lo a retomar a perseguição?

Ela revira os olhos. — Não é perseguição se ele realmente frequenta esta escola. Conheço a garota da tesouraria que o registrou.

Perguntas como: "Que garota?" e "Ela é bonita?"

estão em meus lábios, mas não quero dar munição a Abigail.

O rosto de Abigail fica sério. — Por que você é tão contra dar uma chance a ele? Todo mundo pensa que vocês estão juntos, de qualquer maneira.

Ela está falando sobre um tabloide de má reputação que tirou fotos minhas e de Mason quando saímos do bar no Dia da Foda. Se quisermos acreditar, Mason e eu estamos a poucos minutos de tatuar os nomes um do outro em nossos órgãos genitais.

— Ele não quer uma chance comigo, se é isso que você quer dizer — digo. — Ele quer sua preciosa equipe e eu sou apenas um meio para esse fim.

E, ei, pelo menos ele está aberto sobre precisar de algo de mim, ao contrário de Rupert, que me fodeu literalmente no caminho para me foder figurativamente.

— Não parecia que ele queria o time outro dia — diz ela. — Parecia que ele queria *você*.

Eu balanço minha cabeça. — Você está errada, mas isso não importa. Mesmo se eu decidisse começar a namorar alguém, não seria um cara como Mason. — Um cara por quem eu poderia me ver apaixonada facilmente – uma maneira infalível de ter meu coração despedaçado mais uma vez.

— Quem disse alguma coisa sobre namoro? — Ela balança as sobrancelhas. — É possível divertir-se muito sem medidas tão drásticas.

— É, não. — Quanto mais orgasmos eu tenho, mais perto estou do ponto sem volta, e Mason já me deu tantos quanto Rupert deu em nosso primeiro mês de namoro.

Abigail suspira. — Talvez você encontre alguém no cruzeiro?

— Talvez. — Mas duvido muito.

A partir daqui, conversamos sobre nada substancial até que a comida acaba, quando então mando uma mensagem para Richard avisando que estou pronta para pegar a estrada.

Enquanto ando pelo campus até o carro, me pego ainda procurando por Mason – sem sorte. Mas assim que meu carro aparece, sinto uma mão pousar em meu ombro. Uma mão masculina.

Sentindo-me estranhamente exultante, me viro, esperando ver o rosto esculpido de Mason, semelhante ao de um viking... apenas para colocar meus olhos em seu completo oposto.

— Oi, querida — diz Rupert, com um sorriso tão falso quanto a cópia do Rolex em seu pulso ossudo. — Há quanto tempo sem te ver.

Capítulo 18

Sophia

Não importa o quão atentamente eu olhe para meu ex, não consigo entender como o achei atraente, muito menos como me apaixonei por ele.

— O que você está fazendo aqui? — Questiono, embora tenha um pressentimento.

— Por que tão hostil? — Rupert pergunta recatadamente. — Senti sua falta, então estive andando por este lugar, esperando te encontrar.

— Este 'lugar' que quase não pude frequentar, graças a você — digo.

— O que você quer dizer? — Seus olhos castanhos brilham com tanta inocência que uma mulher menos cansada do mundo poderia realmente cair nessa – assim como eu caí uma vez.

— O apartamento. — Eu o lembro. — O adiantamento que dei a você antes de você desaparecer? Isso lembra alguma coisa?

O fato de ele ter me roubado daquele dinheiro

acabou sendo a ponta do iceberg. Entre outras coisas, ele também deixou de pagar o aluguel do carro que eu assinei, desferindo um golpe final mortal em minha pontuação de crédito.

— Por favor. — Ele rejeita minhas palavras como um inseto, e eu gostaria de ser um viking, porque se eu fosse, pacifista ou não, quebraria seu braço. — Eu posso explicar.

— Nenhuma explicação é necessária. Você é viciado em jogos de azar, talvez em drogas também, e eu era uma idiota... mas não sou mais.

Sua fachada amigável desaparece por um microssegundo, e vejo o que sempre deveria ter visto: um pedaço de merda desagradável. — Isso é sobre o seu namorado jogador de hóquei? Ele vai te trair com uma de suas milhões de groupies – nós dois sabemos disso.

Dou um passo para trás. — O quê?

— Basta ler os tabloides — diz ele. — Está tudo aí.

Droga. É claro que alguém tão nojento quanto ele acreditaria em uma fofoca igualmente nojenta. — Com quem estou e com quem eles estão não é da conta de ninguém, mas especialmente não é da *sua* conta. Vamos direto ao assunto. Eu sei que você está aqui porque farejou dinheiro e espera me enganar, mas isso não vai acontecer.

Eu deveria ter esperado isso. O que Rupert fez comigo foi muito parecido com o que minha mãe fez antes dele – e como ela está farejando, era apenas uma questão de tempo até que ele fizesse o mesmo.

Rupert coloca a mão no coração – ou onde algum

estaria em um ser humano normal. — Você tem que me deixar explicar o que realmente aconteceu. Foi tudo um grande mal-entendido. Eu estava quase...

Alguém limpa a garganta com raiva.

Por um segundo, uma fantasia se desenrola em minha mente, onde Mason aparece e faz com Rupert o que fez com o Número Trinta durante aquele jogo, ou talvez até realize algum tipo de execução ritual no estilo Viking.

Exceto que não é Mason. É Richard, embora ele esteja quase irreconhecível com uma expressão tão feroz nos olhos.

— Esse cara está te incomodando? — Richard pergunta, colocando-se entre mim e Rupert.

Rupert levanta as mãos conciliatoriamente. — Estávamos apenas conversando. — Em seguida, ele examina meu motorista com deficiência vertical e, de forma mais rude, acrescenta: — Fique fora disso.

— Eu acho que não. — Richard abre sua jaqueta. Para minha grande surpresa, há uma arma enorme em um coldre gigante. — Em dois segundos, você irá embora ou estará sangrando — diz Richard, da mesma forma que Clint Eastwood faria no papel de Ivarr.

Uau. Eu gostaria de ter meu telefone na mão para poder capturar a expressão de Rupert. Basta dizer que é o mais próximo que um rosto pode chegar de se parecer com uma cueca branca cagada.

Girando nos calcanhares, Rupert sai correndo.

Eu me viro para Richard. — Você carrega uma arma?

— Bem, sim. Não sou apenas seu motorista. Sou seu guarda-costas.

— Desde quando?

— Desde sempre — diz ele. — Por que outro motivo você acha que me paga tanto?

Achei que fosse apenas o preço normal para motoristas, mas na verdade isso faz mais sentido... se você esquecer a estatura diminuta de Richard.

— Você esteve no exército? — Pergunto.

— Rangers do Exército, para ser mais preciso — diz Richard com orgulho, depois se aproxima para abrir a porta para mim.

Não é uma unidade das Forças Especiais? Rupert teve sorte de ter saído com o rabo enfiado em segurança entre as pernas.

Enquanto dirigimos para o aeroporto, evito as perguntas de Richard sobre meu ex, mudando a conversa para o treinamento rigoroso que Richard realizou nos Rangers. E é apenas parcialmente porque estou genuinamente interessada. A verdade é que tenho tanta vergonha de falar sobre Rupert que nem contei a Abigail, minha melhor amiga, toda a história do nosso relacionamento. Eu fui tão ingênua e estúpida por ter sido enganada daquele jeito.

Felizmente, Richard é profissional o suficiente para abandonar o assunto, e conversamos sobre meus planos para o cruzeiro enquanto ele ajuda a levar minhas malas para a segurança.

Depois de um voo tranquilo para o aeroporto de Melbourne, chego a Porto Canaveral usando o Lyft, por motivos óbvios. Saindo do meu passeio, coloco meus olhos no *Maravilha dos Oceanos*, apropriadamente chamado.

Fico ali, olhando boquiaberta para o navio por um minuto, impressionada com seu tamanho. Se bem me lembro do meu folheto publicitário, este navio pode transportar dez mil pessoas, tem uma quadra de basquete de tamanho normal, uma máquina gigante de simulação de surf, um "Central Park" que parece tão grande quanto seu homônimo no meio de Manhattan, e caso tudo isso não bastasse, tem uma pista de patinação no gelo.

Ótimo. Agora meu humor está um pouco azedo porque essa última parte me lembra Mason.

Quanto mais me aproximo do *Maravilha dos Oceanos*, porém, mais meu humor melhora – a tal ponto que, se eu fosse um viking, teria um ataque de orgasmo náutico.

Para minha surpresa, a multidão de passageiros não é tão grande quanto pensei que seria. Talvez eu esteja adiantada? Bem, de qualquer forma, como gastei em uma suíte voltada para o mar, recebo o tratamento de embarque VIP que evita a multidão.

Quando chego à minha suíte, uma risada nada feminina escapa dos meus lábios.

O lugar é enorme e a vista da varanda é o que sempre sonhei: um oceano azul sem fim.

Depois de tirar muitas fotos, me jogo em uma espreguiçadeira próxima e respiro algumas vezes para relaxar.

Incrível. Já sinto que estou de férias e ainda nem zarpamos – nem ligamos o motor, nem o que quer que o navio de cruzeiro faça para se mover.

— Aqui é o seu capitão falando — diz uma voz com sotaque russo vinda do céu... ou um interfone. A voz informa a todos que seu nome é Ivan Vorobey, e que em breve realizaremos um exercício de salvamento... ou ensaio, ou possivelmente, comer algo com muita mostarda.

Depois que o discurso termina, visto um colete salva-vidas amarelo (ou talvez mostarda) e vou até o local designado.

Novamente, não parece haver tantas pessoas por perto quanto eu esperaria – o que pode ser uma coisa muito boa quando se trata de atrações compartilhadas, como a tirolesa e o simulador de surf.

A demonstração acaba sendo um briefing de segurança. No caminho de volta para minha cabine, entro no elevador, onde sinto cheiro de gelo e bétula.

Meu batimento cardíaco dispara. De repente, estou pensando em olhos cinzentos, ombros largos e Uber.

Droga. É assim que é sentir saudade de alguém? Se for assim, odeio isso, especialmente porque é dirigido a uma pessoa que é tão errada para mim.

Saindo do elevador, faço o possível para relaxar, tarefa bastante facilitada pela varanda com vista para o mar. Então, me arrumo ansiosamente para meu primeiro jantar a bordo. Dado que reservei uma suíte, tenho acesso a um restaurante VIP onde posso sentar-me à minha mesa. No entanto, prefiro a opção de sentar-me com pessoas de todo o mundo – a experiência de cruzeiro por excelência.

Quando chego à sala de jantar, cheiros deliciosos fazem meu estômago roncar.

A educada anfitriã me leva até minha mesa, que, estranhamente, está completamente vazia.

Hum. Há muitas pessoas em algumas das outras mesas – especialmente as mais distantes.

Chance.

Alguém limpa a garganta atrás de mim.

Não sei como, mas mesmo com aquele som indefinido, já sei quem verei.

Meu pulso salta para a estratosfera enquanto giro.

E, sim.

Ali está ele.

Mason Tugev puxa uma cadeira ao meu lado e desce nela como um rei em seu trono.

— Ei, Joaninha — diz ele lentamente, apelo sexual escorrendo por todos os seus poros. — O que tem para o jantar?

Capítulo 19

Mason

O que tem para o jantar? Depois de todo esse tempo separados, eu deveria ter dito algo menos idiota. Talvez ter ensaiado um discurso. Em vez disso, fiquei imaginando a ira indignada que estaria escrita em todo seu lindo rosto quando ela percebesse o que eu tinha feito, e nisso acertei porque a expressão está lá, só que mais sexy do que eu esperava.

— O que você está fazendo aqui? — Ela exige quando seu queixo delicado retorna do chão.

Encolho os ombros tão indiferentemente quanto posso. — Eu precisava de férias, então reservei um cruzeiro.

Por alguns momentos, ela parece estar sem palavras – provavelmente percorrendo mentalmente todas as refutações raivosas de seu repertório. — Mas este é o *meu* cruzeiro — Ela finalmente diz, e de todas as respostas possíveis, esta me faz sentir uma pontada de culpa.

A mulher queria fugir e eu meio que estraguei tudo para ela. Ah, bem. Se ela tivesse falado comigo em qualquer momento nas últimas semanas, isso teria sido evitado.

Eu levanto uma sobrancelha enquanto mantenho uma cara de blefe. — Entre nós dois, este cruzeiro é mais *meu* do que seu.

Ela pisca para mim em confusão.

Aponto para os assentos vazios ao redor da nossa mesa e de outros próximos. — Para ter certeza de que teríamos privacidade, comprei algumas passagens extras.

Sim, "algumas" é um eufemismo. Comprei tantas passagens para este cruzeiro que provavelmente poderia ter comprado um iate particular.

— Espera. — Seus olhos se estreitam. — Você reservou todos esses quartos? — Ela acena em volta da nossa mesa.

— Esses e alguns outros — Respondo, continuando a tarefa de subestimar.

Mais uma vez, ela parece sem palavras, mas minha atenção é desviada para nosso garçom... ou mais especificamente, para uma fileira de botões gigantes brancos em forma de pústulas adornando seu uniforme.

Caralho. Eu estava faminto há um segundo, mas agora meu apetite é apenas uma lembrança distante, semelhante a como seria se alguém trouxesse fezes de vermes ou cocô frito de escaravelho para nossa mesa de jantar.

Examino freneticamente a sala e localizo uma das garçonetes. Graças ao vestido dela, fui poupado do show de terror que são os botões.

— Boa noite, Sr. Tugev — Nosso garçom me diz. — Boa noite, senhorita... Papa-Cristo-Todo-Poderoso-nascimento-doula-Lou.

— Olá — diz Sophia, completamente imperturbável pela carnificina de seu nome.

— Seremos atendidos por uma mulher de sua equipe — Afirmo laconicamente. — Deixe-nos. Agora.

O garçom pisca e Sophia parece prestes a explodir.

— Garanto que posso fazer um trabalho tão bom quanto qualquer uma das minhas colegas — diz o infeliz garçom. — Além disso, senhor, você deve saber que Royal Ruskovian é um empregador que oferece oportunidades iguais que...

— Você pode ficar se abandonar isso. — Aponto para a jaqueta enquanto tento evitar olhar para os botões dela.

— Eu não entendo — diz ele.

— Isso é além de rude — Sophia sussurra para mim.

Porra. Se ela ia voltar correndo para o quarto antes, é duplamente provável que faça isso agora.

Eu cerro os dentes. Não há escolha a não ser confessar.

— Eu tenho *koumpounophobia*.

Sophia e o garçom me encaram boquiabertos, incompreendidos.

— Medo de garçons homens? — Ele sugere provisoriamente.

— Ou são as jaquetas deles? — Sophia oferece.

— Nenhum. — Aponto cuidadosamente para um dos círculos brancos do inferno que provocam vômito. — Isso.

— Botões? — Pergunta Sophia.

Concordo com a cabeça, mantendo meu olhar longe das malditas coisas.

O garçom olha para o paletó com uma expressão horrorizada. — Eu não posso tirar isso. Eu não estou decente por baixo.

Sophia encontra meu olhar, e eu poderia jurar que pela primeira vez concordamos em alguma coisa. Ou seja, uma pergunta tácita de: "O que ele poderia ter ali que não seria considerado 'decente'?"

— Vou trocar com Helena — diz o garçom antes que possamos nos aprofundar no mistério. Correndo em direção à garçonete de aparência matronal que estava por perto, ele sussurra algo para ela. Há muitos apontamentos para a roupa dele e para a nossa mesa.

— Puta que pariu — Murmuro — Isso vai sair nos tabloides, não?

— É realmente verdade? — Sophia pergunta, franzindo a testa. — Você tem medo de botões?

— Não tenho medo. Eu apenas os vejo como as nojentas placas de Petri contendo germes que são. — Além disso, o que me deu para admitir isso, dentre todas as coisas?

— Germes? — Ela inclina a cabeça.

— Eles têm todos aqueles buracos para os micróbios e ácaros entrarem — Explico.

Às vezes, são até quatro malditos buracos.

Muitos buracos.

Ela olha para mim como se fosse a primeira vez. — Aconteceu alguma coisa que fez você se sentir assim?

Eu forço meus ombros tensos a relaxarem. Por mais que eu odeie esse assunto, pelo menos estamos conversando. — Não tenho certeza. Uma vez, meu pai abotoou minha camisa muito apertada e pensei que iria sufocar, mas acho que já não era fã dessas merdas e isso foi apenas mais um exemplo de como elas podem te matar.

O olhar de Sophia parece peculiarmente suave. Devem ser aqueles cílios longos e cheios de fuligem dela. — Isso é uma merda — Ela murmura, e eu poderia jurar que sua mão se move em direção à minha – só que naquele momento Helena chega à nossa mesa, sorrindo tão loucamente como se estivesse fazendo um teste para o papel do Coringa.

— Olá — diz ela com uma voz rouca que sugere dois maços de cigarros por dia. — Deixe-me contar sobre as opções do menu desta noite.

Ela recita lentamente o cardápio. Quando ela chega nos acompanhamentos, ela olha para mim solenemente. — No seu caso, recomendo pular completamente os acompanhamentos, mas, se desejar, podemos oferecer hummus como substituto.

— Por quê? — Pergunto. Quer dizer, eu provavelmente pularia os acompanhamentos e conseguiria algo mais saudável, de qualquer maneira, mas como ela sabe disso?

— As opções são purê de batata com cogumelos ou macarrão — diz ela, ainda mais solene.

— E isso é um problema por quê? — Enquanto ela pergunta isso, os seios de Sophia balançam para cima e para baixo de forma perturbadora.

— O macarrão é roda de carroça — diz Helena, como se isso explicasse alguma coisa. — E eu sinto muito por isso. O chef não sabia da sua situação; de outra forma...

— O que você está falando? — Olho para Sophia, caso ela tenha alguma pista, mas ela parece tão confusa quanto eu.

— Massa Rotelle — Esclarece Helena. Vendo nossos contínuos olhares vazios, ela deixa escapar: — Parecem botões.

Abro e fecho os punhos, uma ação que atrai um olhar extasiado de Sophia. — Esse tipo de massa não se parece assim, e é por isso que as pessoas a chamam de rodas de carroça? — Alguém contratou Helena para estragar macarrão para mim... e carroças?

— Minhas desculpas — diz Helena. — Então você vai escolher o macarrão? É definitivamente uma escolha melhor do que as batatas, por causa... dos jovens cogumelos cremini.

— O que há de errado com eles? — Sophia pergunta, o nariz franzindo em mais confusão.

— Eles também são conhecidos como cogumelos botão — Explica Helena.

Eu exalo um suspiro irritado. — Helena, se você está tentando ser útil, por favor, pare. Eu normalmente não como coisas assim, mas a menos que seu chef seja louco o suficiente para fritar alguns botões de verdade, não há necessidade de você estragar comidas perfeitamente boas para mim fazendo associações que não existem.

— Sinto muito — diz Helena.

— Está tudo bem — digo. — Você disse que hummus era uma opção, certo?

Helena assente.

— Vocês preparam aqui, a bordo?

Outro aceno de cabeça, mas mais incerto desta vez.

— Eu gostaria do grão de bico com o qual você faz o hummus, apenas o próprio grão de bico, com cinco de suas saladas sem molho e quatro acompanhamentos de brócolis cozido no vapor – também não adulterados.

À medida que prossigo, as sobrancelhas de Sophia se transformam em pontos de interrogação.

Eu respondo à sua pergunta não feita. — Sou um atleta. Temos que cuidar do que comemos. — Também como assim na esperança de envelhecer mais devagar e com mais elegância, mas não menciono isso porque vai me fazer parecer velho aos olhos de Sophia, de 24 anos.

Helena me olha com pena. — Presumo que você não vai comer sobremesa?

— Traga-me qualquer fruta que você tenha na cozinha — digo. — Berries são particularmente bem-vindas. — Menciono essa última parte porque as frutas vermelhas são extremamente saudáveis, e caso Helena ache que elas se parecem muito com botões para o meu gosto.

Depois de assentir solenemente, Helena se vira para Sophia. — E você, querida?

— Oh, eu não vou ficar — diz Sophia, mas o que é revelador é que ela não consegue se levantar, o que significa que posso ter uma chance aqui.

Eu viro meus melhores olhos de cachorrinho para ela. — Por favor, Joaninha, não vá. Prometo não falar sobre a equipe ou qualquer outra coisa que você não queira falar.

Sophia suspira. — Você percebe que arruinou minha chance de conhecer pessoas de todo o mundo? Eu estava ansiosa por isso.

— Bem, sou estoniano de primeira geração — digo. — Posso contar tudo sobre a pátria. — E por tudo isso, quero dizer o pouco que meus pais me contaram, não muito lisonjeiro.

— Tudo bem — Sophia diz para mim antes de se dirigir à garçonete. — Quero a torta de cebola Vidalia como entrada, o surf e turf como prato principal e sobremesa.

— Qual sobremesa? — Helena pergunta.

— Posso experimentar todas? — Sophia encontra meu olhar de forma desafiadora, mas não vou perder minha vantagem estremecendo, mesmo que a tentação seja forte.

— Claro — diz Helena. — Pode haver uma pequena sobretaxa.

— Coloque isso no meu quarto — digo, mesmo que

isso me torne cúmplice dos danos resultantes à saúde de Sophia.

— Alguma bebida? — Helena pergunta.

— Não — Sophia e eu dizemos em uníssono.

— Pelo menos sem álcool — Esclareço. — Vou querer um pouco de suco de tomate, se você tiver.

— E um refrigerante para mim — diz Sophia, e desta vez devo me encolher o suficiente para que ela perceba, porque ela bufa e acrescenta: — Transforme isso numa Vaca Preta[1].

Ela acha que está me punindo em vez de punir o pâncreas?

— Vou providenciar isso imediatamente — diz Helena e sai correndo.

— Vá em frente. — Sophia faz beicinho, trazendo a atenção do meu pau para seus lábios. — Diga.

— Dizer o quê?

— "A comida que você pediu não é saudável" — diz ela no que deve pensar ser uma imitação da minha voz. Aos meus ouvidos, soa mais como um ogro.

Em resposta, dou de ombros. — Você tem vinte e quatro anos. Provavelmente poderia comer lascas fritas de tinta com chumbo e seu corpo sobreviveria... por um tempo, de qualquer maneira.

Ela revira os olhos. — Parece que você tem noventa anos.

---

1. 'Vaca Preta' no Brasil é o nome da bebida *Ice cream float*. Sorvete e refrigerante compõem essa bebida-sobremesa. Nos Estados Unidos, ela também pode ser preparada com cerveja-de-raiz, bebida não alcoólica.

Porra. Ela está certa, e eu estava tentando evitar exatamente isso. — Tenho trinta e sete — Admito. — O que significa que preciso ter mais cuidado, especialmente se quiser jogar... ou não ter um ataque cardíaco.

Sophia me estuda com uma expressão peculiar. — Você não parece ter trinta e sete.

— Obrigado. — Eu levanto minha água para ela.

— Quem disse que foi um elogio? — Ela resmunga.
— Eu poderia querer dizer que você parece um vovô, para combinar com as palestras.

Helena volta com nossas bebidas, poupando-me de responder.

Quando estamos sozinhos novamente, Sophia lambe o sorvete em seu carro alegórico de uma forma que faz meu pau já excessivamente zeloso entrar em ação. — Aos trinta e sete anos, você não está velho demais para o hóquei?

— Mostrando as garras? — Deixo cair um guardanapo no colo para esconder a protuberância, mas o guardanapo fica armado, então simplesmente me aproximo da mesa.

— Só por curiosidade — diz ela.

— Nesse caso, você tem razão. Normalmente, a idade de aposentadoria no hóquei depende da sua posição. Para os goleiros, a idade não é tão relevante e, na verdade, eles melhoram mais tarde na carreira. Para atacantes e defensores, nosso desempenho tende a diminuir entre os vinte e os trinta e poucos anos... mas estou lutando contra isso com todos os meios à minha disposição. — E se eu viver mais, melhor ainda.

— Então, quando você acha que vai se aposentar? — Ela pergunta.

— Isso está chegando muito perto do assunto que prometi evitar.

— Como assim?

Pego meu suco de tomate. — A razão pela qual quero ser dono do time é para que eles estejam na minha vida depois que eu me aposentar.

— Oh. — Sophia se mexe na cadeira. — Eu...

— Aqui está sua torta de cebola. — Helena coloca o aperitivo em formato de bolo na frente de Sophia. — E sua salada inicial. — Ela me dá um prato com dois pedaços de alface romana e um único tomate cereja.

— O que você estava dizendo? — Pergunto a Sophia assim que estamos sozinhos novamente. Tenho a sensação de que talvez ela tenha começado a se sentir mal por manter a equipe longe de mim, especialmente porque nós dois sabemos que não é uma decisão financeira da parte dela, mas puro despeito.

— Nada — diz ela, pegando um pedaço de seu aperitivo. — Acredito que você me deve alguns fatos interessantes sobre a Estônia.

Inalo minha "salada" com meia mordida. — A Estônia é o berço da Árvore de Natal — digo a ela. — Você sabia disso?

— Mesmo?

Eu sorrio. — A menos que você pergunte a um

letão. Eles acreditam que é o país deles, mas estão errados.

Ela sorri. — Sim. Claro. O que mais?

Coço a nuca. — Os impostos são estáveis na Estônia. Isso torna o arquivamento tão simples que você pode fazer isso em dez minutos. — Ou assim lamentavam meus pais toda vez que tinham que fazer a mesma coisa aqui nos Estados Unidos – mas não menciono essa parte porque não quero que ela pergunte sobre minha família.

— Impostos fixos. — Sophia finge um bocejo. — Que fascinante… se eu fosse contadora.

Dou de ombros. — É um dos países menos religiosos do mundo. — O que torna a situação com meus pais tragicamente irônica, mas não vou entrar nisso de jeito nenhum.

— Isso é um pouco mais interessante — diz ela provocativamente. — Especialmente se eu estivesse realizando um censo.

O que seria considerado um fato interessante? — A Estônia tem o ar mais limpo do mundo?

Sophia balança a cabeça.

— Existem toneladas de florestas com lobos, linces e ursos marrons.

— Isso é um pouco melhor. Mas não muito.

— A Estônia foi o berço do Skype — Afirmo.

Ela franze a testa. — O Skype não se originou no Vale do Silício?

— Não. Foi a Estônia - que é também o país com o maior número de pessoas bonitas no mundo.

— Mesmo? — diz ela, revirando os olhos.

Eu dou a ela um sorriso arrogante. — Eu não disse que estava incluído nisso, mas sim, a Estônia tem a maior proporção de supermodelos do mundo.

— De jeito nenhum. — Ela requisita meu telefone, digita algo e franze a testa com o resultado. — Huh — diz, olhando para cima. — Me faz pensar por que você não está namorando uma supermodelo estoniana.

— Eu não namoro — digo, pegando meu telefone de volta. — Mas se o fizesse, não seria alguém da pátria, isso é certo. — É o que meus pais teriam desejado se ainda conversássemos, então, foda-se.

— Eu também não namoro — diz ela desafiadoramente.

Estou dividido entre uma estranha sensação de alívio e preocupação. — Por que não?

— Não se pode confiar nos homens — diz ela com evidente sinceridade. — Atual companhia muito incluída.

Eu inclino minha cabeça. — Aprovo a atitude em relação aos outros, mas o que fiz com você para justificar a desconfiança?

— Tudo que você quer é sua equipe — diz ela. — Duvido que você estaria aqui por outro motivo.

Abro a boca para responder, mas Helena aparece com nossos pratos principais.

Depois que ela sai, Sophia estreita os olhos para mim. — O que você estava prestes a dizer?

O que, de fato? Talvez eu não estivesse aqui se não fosse pela equipe, mas talvez estivesse. Eu ainda não tenho certeza sobre isso. Definitivamente, há algo magnético em Sophia, e quero dizer, além de sua aparência linda e daqueles seios divinos. Algo sobre ela é...

— Foi o que pensei — diz ela. — Mas, ei, pelo menos você é honesto.

Eu sou?

— Você vai colocar um pouco de tempero nisso? — Ela aponta para meus pratos – plural.

Examino minha comida. A salada de aperitivo me deixou preocupado, pois o resto seria minúsculo, mas o chef não economizou. Há pelo menos dois potes de grão de bico aqui, além de alguns quilos de vegetais. — Se eu estivesse em casa, espalharia algumas sementes de cânhamo sobre isso — Respondo. — Mas duvido que eles tenham isso no navio.

— Sementes de cânhamo? — Ela solta um suspiro exasperado. — É claro que você consumiria cannabis, mas sem a diversão.

Ela pega um pedaço do rabo da lagosta, mergulha na manteiga e coloca na boca.

Caralho. A expressão em seu rosto é estranhamente semelhante a quando ela goza.

Movo minha cadeira ainda mais para perto da mesa e faço o possível para me concentrar na conversa. — Você está chapada enquanto conversamos, não está?

Ela balança a cabeça. — Erva não é permitida no cruzeiro.

Desde quando isso impediu alguém? Além disso... — Por que você verificou?

Ela dá de ombros. — Eu não uso isso com muita frequência, mas vamos parar na Jamaica, então, gostaria de saber se poderia comprar algumas lá e levar para casa para comemorar meu retorno com Abigail.

— Ah. Então você é a má influência — digo isso com um sorriso para ter certeza de que ela não se ofenda.

— Ela exerce uma influência muito pior sobre mim do que eu sobre ela — diz Sophia. — Eu nunca teria experimentado álcool se não fosse por ela, ou maconha, aliás.

— Há quanto tempo vocês são amigas?

Se eu tivesse que adivinhar, diria muitos anos.

— Desde a sétima série. — Sophia corta o bife em pedaços pequenos. — Ela estava de saia e um valentão roubou sua calcinha no vestiário. Eu estava usando jeans, então dei a minha para ela. Ela me convidou para ir à casa dela naquele mesmo dia, e o resto é história.

— Uau. Isso foi gentil da sua parte, e numa idade em que as crianças são praticamente monstros.

— Os meninos são — diz ela. — Com as meninas, é mais uma mistura.

— Você pode ter razão. Não consigo imaginar dar minha cueca a outro cara... ou ele usá-la, aliás.

Ela bufa. — Aposto que ele usaria se usasse saia em um ambiente com meninos pré-adolescentes que gostam de levantar as saias.

— Talvez. Embora ele provavelmente deixasse os levantadores de saia com um olho roxo... ou um nariz quebrado.

— Como você disse. — Ela espeta um pedaço de seu bife. — Crianças são monstros.

Eu sou um monstro para ela também? Sou adulto, mas se alguém tentasse levantar minha saia – metaforicamente falando – eu ainda daria a eles um olho roxo ou até quebraria alguns ossos.

— De qualquer forma — diz Sophia. —, agora que sei que maconha não é permitida no navio, teremos que comemorar à moda antiga – com doses de bebida.

Eu concordo. — Isso é inteligente. Não use drogas. É a única regra que meus pais me ensinaram e que eu sigo.

Ela revira os olhos. — O álcool é uma droga, apenas legal. Eu vi você consumindo *isso*.

— Álcool é uma bebida — digo. — Não é uma droga.

Ela inclina a cabeça. — Você pode ficar chapado com gomas – e isso é comida.

— Certo, mas o THC é uma droga.

— O etanol também — Ela rebate.

Cruzo os braços. — Eu não acho.

— Isso pode levar ao vício, certo?

— Claro. Mas o queijo também pode... e você não acha que isso é uma droga, acha?

— Vício em queijo? — Ela pega a grande coqueteleira de parmesão e espalha uma boa dose no próximo pedaço de bife.

— Pelo menos você não está cheirando isso — digo com um sorriso.

Ela revira os olhos mais uma vez. — O álcool produz endorfinas, assim como algumas das piores drogas.

— Foder produz endorfinas, mas isso não é uma droga, é? — Então, novamente, talvez esse não seja o melhor exemplo. A porra da Sophia pode ser a droga mais viciante de todas, uma droga pela qual fiquei irremediavelmente viciado desde a primeira tentativa.

Joaninha cora, então pega meu telefone e faz uma busca.

Devo dizer a ela que ela vive interrompendo sua desintoxicação digital?

— Aqui. — Ela balança a tela para mim. — O álcool é um depressor do sistema nervoso central.

Pego o telefone dela, leio a tela e franzo a testa. — Posso dizer que você é formada em Filosofia — Resmungo, derrotado. — Você é muito boa em sofismas.

Ela me olha com desconfiança e, tardiamente, percebo que ela pode não ter me contado sobre sua especialização.

Por sorte, Helena retorna naquele momento. Ela está segurando uma bandeja de sobremesas, e ajudando-a está um ajudante de garçom corpulento que, felizmente, não está usando aquela jaqueta horrível com botões.

Helena coloca uma fruteira na minha frente, depois arruma as sobremesas de Sophia no resto da mesa bastante grande e sai correndo.

Faço um gesto para todos os doces. — *Esses* são drogas?

— Não. — Sophia lança um olhar comprido para um éclair que deixa meu pau com muito ciúme. — Bem, talvez. — Ela aponta para o tiramissu. — Este aqui contém cafeína, que *é* uma droga.

Examino a mesa, impressionado com o quão inventivas as pessoas conseguem ser em sua busca para consumir o máximo de açúcar possível. — Aposto que eu poderia renunciar ao álcool por mais tempo do que você pode renunciar à sobremesa.

Ela pega o éclair de aparência fálica. — Aceito essa aposta... depois do cruzeiro.

— Sim. Claro. — Pego um dos morangos do meu prato. — Não sei se você percebe isso, mas quando você deseja algo doce, está realmente desejando frutas. — Mordo o morango e o considero bastante azedo e, portanto, não apoia o que estou tentando defender.

Sophia mordisca sensualmente a porra do éclair. — Talvez quando você deseja frutas, o que você realmente quer é açúcar – e a fruta fica aquém.

— Fruta é deliciosa — digo com firmeza. — Uma boa manga madura tem um sabor mais doce do que qualquer coisa que você tenha nesta mesa.

O problema é que as frutas precisam estar na estação, enquanto o açúcar é, por definição, doce açucarado o ano todo.

— Em filosofia, chamamos esse tipo de coisa de *qualia* — diz ela. — A aparência da cor verde para você pode ser diferente da aparência para mim. O mesmo acontece com os gostos. Talvez uma manga madura realmente tenha gosto de sobremesa para você, mas com certeza não tem para mim.

Resisto em fazer outro comentário sobre sua especialização e, em vez disso, cavo minhas frutas. Ela ataca as sobremesas, dando uma mordida em cada uma, mas não terminando nenhuma.

— Qual foi a sua favorita? — Pergunto quando ela empurra a cadeira para longe da mesa.

— A panna cotta. — Ela aponta para uma mistura branca em um copo. — E eu te desafio a tentar.

Pego a pequena colher oferecida e mergulho-a na parte frutada da mistura.

— Isso é trapaça — diz ela. — Experimente a coisa branca, sem nenhum toque de fruta.

Certo. Eu procuro a substância branca em questão, enquanto me pergunto do que ela é feita.

Seja o que for, duvido que seja à base de alimentos integrais ou vegetais.

— Nossa — diz Sophia. — Não vai morder.

Rangendo os dentes, coloco a panna cotta na boca.

Hum. Interessante.

— Impressões? — diz Sophia.

Bem, minha primeira impressão é que a textura me lembra a suavidade sedosa de sua boceta, mas tenho a sensação de que a comparação não será bem-vinda. — É menos doce do que eu esperava.

— Certo, e?

— Uma manga Ataulfo madura tem textura semelhante — digo. — E se você gosta disso, você gostaria de lichias e chirimoia.

Ela solta um suspiro exasperado. — Desisto. — Ela termina o resto da panna cotta. Então, como que casualmente, ela me pergunta onde pode conseguir as frutas que mencionei.

— Que tal eu te contar enquanto te acompanho até sua suíte? — Ofereço enquanto me levanto.

Merda. Definitivamente, não deveria saber que ela comprou uma suíte em vez de uma cabine, mas acho que a ideia de caminharmos juntos a distraiu o suficiente para que ela não questione minha estranha onisciência.

Então, a gente anda e eu converso, e pode ser imaginação minha, mas eu a pego olhando algumas vezes para minha mão, como se estivesse prestes a segurá-la, como fez no caminho daquele bar até minha cama.

Caralho. Estou feliz que Sophia esteja olhando para frente e que eu tenha comprado todas as suítes ao redor. Isso tornou nossas chances de esbarrar em alguém – e, portanto, de alguém ver o quão duro eu estou - insignificantes.

— ...e a temporada de lichias começa por volta de maio. — digo quando chegamos à porta dela. — Assim como as outras, você encontra as melhores em Chinatown.

Quando ela percebe que parei na porta correta, ela franze a testa, então finjo querer ir mais longe. Ela relaxa visivelmente e diz: — Espere. Esta é a minha porta.

— Ah — digo, fingindo surpresa. — Estou bem ao lado. — Aponto para a suíte que cuidadosamente escolhi ocupar – uma que agora acho que pode ser muito próxima da dela para minha sanidade.

— Oh. — Ela franze a testa com essa "coincidência".

— Pedi ao agente a suíte com vista mais panorâmica — digo. — Ele me disse que aquela já estava reservada, mas que a minha seria a próxima melhor opção.

Isso parece acalmá-la, ou pelo menos presumo que seja por isso que ela não parece mais suspeita.

Na verdade, não entendo sua expressão atual. Ou sim, mas devo estar enganado.

Os olhos nublados.

Os lábios entreabertos.

O rubor e o brilho sutil de sua língua molhando os lábios.

Meu pau, já em posição de sentido, faz uma saudação digna de um general cinco estrelas.

— Acho que é melhor entrar — Ela murmura, mas não se move.

Eu a encaro, o que é um erro porque sou pego pela gravidade exalada por ela... e por seus seios deliciosos.

— Obrigado por jantar comigo.

— Sem problemas — diz ela sem fôlego. — Estranhamente, eu me diverti.

— Eu também. Exceto que não acho que tenha havido nada de estranho nisso.

— Bem, é melhor eu entrar — diz ela novamente... mas ainda não se move.

Ela umedece aqueles lábios uma vez demais, e algo dentro de mim estala.

Inclinando-me, reivindico seus lábios em um beijo com o qual venho sonhando há semanas.

Capítulo 20

Sophia

Eu sei que Mason está apenas me beijando, mas me sinto à beira do orgasmo.

Eu culpo todo o acúmulo. O jeito que ele cheirava durante o jantar, a maneira como olhava para mim e, principalmente, a maneira como me mostrava o punho tantas vezes – como que de propósito – transformaram meu cérebro em uma panna cotta.

Espere um segundo.

Por que estou deixando isso acontecer?

Eu não deveria.

Mas é tão bom. Seus lábios são macios, mas o resto dele é duro. Falando em força, Uber está pressionando minha barriga, fazendo meu interior revirar.

Mas não.

Ao contrário do Dia da Foda, o álcool não poderá servir de desculpa hoje. Se eu continuar com isso, terei dormido com ele por minha própria vontade.

Por outro lado, muitos filósofos não acreditam no livre arbítrio. Muitos consideram isso uma ilusão.

Não.

O livre arbítrio é real, ou então eu não seria capaz de invocar o meu e usá-lo para afastar Mason de mim, mesmo que eu não queira desesperadamente fazê-lo.

— Você vai me convidar para entrar? — Seus olhos estão selvagens, sua respiração, superficial.

Eu consigo balançar a cabeça.

— Tem certeza?

Não, não tenho certeza. Mas pretendo fingir até conseguir. — Essa é a sua maneira de tentar me convencer a vender o time para você?

Ele franze a testa, a selvageria em seus olhos diminuindo. — O quê?

— Não é por isso que você está no cruzeiro? Para que eu lhe venda o time... por qualquer meio necessário? — E, ei, se eu tivesse um pau como Uber, provavelmente conseguiria que as mulheres me vendessem qualquer time que eu quisesse, seja hóquei, basquete ou luta livre.

Mason dá um passo para trás e parece que eu dei um tapa nele. — Olha, Joaninha... Sim, estou no cruzeiro para tentar conversar com você sobre vendas, mas o que aconteceu depois do bar naquela noite não teve nada a ver com isso, e se...

— Isso é mentira — Eu o interrompo com força. — Você me deu os ingressos para o jogo como parte de sua missão para me convencer a vendê-lo. Se não fosse por isso, eu não teria ido parar naquele bar e o Dia F não teria acontecido.

— Dia F?

Merda. Eu não deveria ter compartilhado esse apelido. — Não importa como eu chamo. Isso não vai acontecer de novo. Mas mesmo que isso acontecesse, não ajudaria a sua causa. Você não é *tão* bom assim.

Na verdade, ele *é* muito perto disso. Só tenho mais experiência com sedutores enganosos do que uma pessoa comum.

A expressão de Mason fica espantada. Acho que foi um golpe abaixo da cintura.

— Você quer saber? Foda-se — Ele rosna. — Não me venda a porra do time. Eu não dou a mínima. Mas pelo menos venda para outra pessoa.

Eu recuo. — Por quê?

— Você não tem exatamente o melhor histórico quando se trata de questões financeiras.

Minha pulsação acelera enquanto processo o que ele está insinuando. — Eu o quê?

Ele estremece. — Deixa pra lá. Não foi isso que eu quis dizer. Veja, a verdade é que o trabalho do proprietário é desafiador até mesmo para quem trabalha na indústria do hóquei. Desde que você...

Mantendo-o sob um olhar fixo, eu desligo o resto de suas palavras enquanto algumas pequenas coisas que me incomodaram durante a noite se encaixam. Essa parte do "histórico" é uma crítica à minha péssima pontuação de crédito, da qual ele não deveria saber. Ele também sabia qual era a porta da minha suíte, depois fingiu que não sabia e, antes disso, conhecia meu curso, embora eu ache que nunca tenha contado a ele sobre isso.

— ...sem mencionar a experiência em gerenciamento de grandes orçamentos, compreensão de regulamentações e...

— Você me investigou, não foi? — Eu cutuco seu peito com um dedo acusador. Seus músculos parecem aço, mas, para variar, isso não me faz querer deixar cair minha calcinha aqui mesmo no corredor.

Mason suspira. — Você nem quis falar comigo. Eu estava desesperado.

Ele admite isso! Achei que talvez estivesse apenas sendo paranoica. Todo o meu corpo fica vermelho com o calor – e não do jeito que estava há alguns momentos. Desta vez, não é a excitação idiota e equivocada, mas uma raiva tão justa que poderia citar versículos bíblicos... em línguas.

— Você é um perseguidor — Eu sibilo para ele. — E eu quero você fora deste cruzeiro.

Ele enrola a mão para dentro, como se estivesse prestes a fechar o punho novamente. — Venda o time e desembarcarei no próximo porto.

— Não. — Estou tão chateada que sinto como se uma veia pudesse estourar em meu cérebro.

Mason faz uma careta. — Nesse caso, minha resposta também é não.

— Tudo bem — digo. — Então eu vou sair.

Ele dá de ombros, o que provavelmente significa

que acabará no mesmo avião que eu, provavelmente como meu companheiro de assento.

— Assim que voltar à terra firme, vou conseguir uma ordem de restrição — Aviso.

— A primeira parada deste cruzeiro é uma ilha privada da Royal Ruskovian — diz ele. — Duvido que eles tenham um departamento de polícia.

Respiro fundo e me lembro que sou uma pacifista e, mais importante, que bater é moralmente errado, por mais tentador que seja. Em vez disso, viro-me e aceno com raiva o cartão da minha suíte por cima da fechadura, depois arranco a maçaneta da porta.

Nada acontece.

Fervendo, bato o cartão contra o leitor, novamente sem sucesso.

— Você tem que tocar — diz Mason.

Eu bato na maldita coisa, mas ainda não tenho sorte.

— Toque com mais cuidado e espere até ver a luz verde piscar — diz Mason com a calma mais irritante. — Então, gire a maçaneta.

Faço o que ele diz e minha raiva dobra quando funciona.

Uma vez na suíte, bato a porta com tanta força que é uma maravilha que ela não saia voando das dobradiças. Respiro fundo algumas vezes e saio para a varanda, mas, ao contrário da porta, sinto-me perturbada, por isso nem mesmo a vista deslumbrante me relaxa. Furiosa, pego meu telefone para ligar para Abigail e desabafar, mas então me lembro da minha decisão estúpida de fazer uma desintoxicação digital – e não estou com vontade de comprar Wi-Fi a bordo agora.

Grr.

A coragem desse cara.

Já é ruim o suficiente que ele tenha me perseguido e me seguido em um cruzeiro, mas me investigar?

Ando pelo quarto de um lado para o outro em um esforço para me acalmar, mas é inútil. O fato de ele saber do meu crédito de merda – e depois fazer essas suposições – é o que realmente me irrita. Mamãe realmente acertou no alvo na minha pontuação e Rupert finalizou.

Eu gemo. A ideia de que Mason sabe o que aconteceu com Rupert – mesmo que indiretamente – me faz querer pular no oceano e nadar até a Costa mais próxima.

Não.

Dane-se isso.

Prefiro jogar Mason ao mar do que deixá-lo estragar essas férias para mim.

Sim.

Saio novamente para a varanda, deitando-me com determinação na confortável espreguiçadeira e me forçando a apreciar a vista.

Não tenho certeza se é um coma alimentar por causa de toda aquela sobremesa ou se sou melhor nessa coisa de relaxamento do que pensava, mas minha estratégia funciona um pouco bem demais porque, antes que eu perceba, estou dormindo profundamente.

———

Acordo com o nascer do sol sobre o oceano, sentindo-me muito mais relaxada.

Devo vender minha mansão e morar permanentemente em um navio? Não, má ideia. Minha equipe perderia seus empregos, as tartarugas perderiam suas casas e minhas chances de ter diarreia (cortesia do norovírus) disparariam.

Apesar desse último pensamento, meu estômago ronca.

Huh. Mesmo depois daquele grande jantar, estou faminta.

Vou até o banheiro e, enquanto cuido da minha vida, reflito sobre um grande problema: preciso encontrar uma maneira de comer sem esbarrar em Mason, com quem ainda estou chateada, com ou sem um lindo nascer do sol.

Bem, ele provavelmente já tomou café da manhã – e desde então correu, levantou pesos e bebeu suco de grama de trigo ou algo assim. Mas caso ele tenha dormido até tarde – ou queira me perseguir de novo –, ele provavelmente me esperará no restaurante da noite passada, então irei para o restaurante VIP, aquele aberto apenas para as pessoas hospedadas nas suítes.

Eu me visto muito bem, para mim mesma, não para certos perseguidores. É verdade que não uso nada com botões, mas é só porque pode haver outra pessoa com *koumpounophobia*.

Eu sorrio. Conheço o suficiente sobre a língua

grega para saber que *koumpouno* significa "abotoar", mas a sua origem é a antiga palavra grega para feijão – que, ironicamente, parece ser a pedra angular da dieta de Mason.

Droga. Por que ele está em minha mente de novo?

Eu culpo a fome... pelos alimentos do café da manhã, claro. Como salsicha. Ou uma banana – embora por ser uma fruta me lembrasse uma certa pessoa. E sua forma também.

Grr.

Batendo-me mentalmente, vou até o restaurante e, quando entro, encontro-o vazio... exceto por uma pessoa.

Mason Tugev, é claro.

Capítulo 21

Mason

— Olá, Joaninha — digo. — Junte-se a mim no café da manhã.

Ela balança a cabeça, mas seus olhos se voltam para a pornografia açucarada que é o buffet deste lugar – como eu esperava que acontecesse.

— Por favor — digo. — Dê-me uma chance de me desculpar.

Ela se aproxima furiosamente, com os olhos semicerrados. — Desculpar-se pelo quê?

— A perseguição — digo sinceramente. — Eu não deveria ter feito isso. Se alguém tivesse feito isso comigo, eu ficaria tão chateado quanto você. — E se por acaso fossem homens, estariam na sala de recuperação de um hospital, mas é melhor eu não dar essa ideia a Sophia.

Ela parece estar sem palavras, o que deve ser uma novidade para ela, e talvez para os formandos em Filosofia em geral.

— Eu também queria te contar uma coisa — digo. — Algo que eu garanto que você quer saber. — Na verdade, tenho duas dessas informações, e é uma maravilha que não precisei usar nenhuma delas ontem à noite, porque esperava que precisasse.

— Dizer o quê?

Ela faz a pergunta com fingida indiferença, mas posso ver que sua curiosidade está tão desperta quanto meu pau fica ao vê-la.

Faço um gesto para a mesa à minha frente e sorrio como se isso não fosse um movimento estratégico para ganhar seu perdão.

— É melhor que seja algo interessante. — Ela pega um prato e o enche com açúcar suficiente para deixar até Buddy, o Elfo, doente.

Colocando o prato na minha mesa, ela diz à garçonete que está anotando nossos pedidos de bebidas que quer um mocha de chocolate e olha para mim como se me desafiasse a dizer algo de desaprovação.

— Posso provar? — Pergunto a Sophia quando a garçonete sai.

Suas bochechas ficam vermelhas, ela olha para mim. — Provar o quê?

— O café. — Reprimo uma risada que quase faz meu suco de tomate subir pelo nariz. — O que você acha que eu quis dizer?

Ela fica mais vermelha que meu suco, confirmando que ela achava que eu queria prová-la. Pensar nisso me deixa duro... ou, mais precisamente, *mais duro*.

— Desculpe. — Sorrio, sentindo tudo, menos isso.

— Eu quis dizer o café, é claro. Eu estava lendo um artigo sobre como o café é bom para a saúde, supondo que você só o beba antes do meio-dia. — E não contenha leite e açúcar, mas dizer isso iria azedar este ramo de oliveira em particular.

Ela bufa. — Isso é psicologia reversa?

Eu inclino minha cabeça. — O que você quer dizer?

— Você diz que algo que faz mal para mim é um alimento saudável e espera que eu não queira mais. Ou faça o contrário e afirme que a couve apodrece os dentes.

— Não. Café *realmente* faz bem. Por que não faria? É uma semente. Já se sabe que ajuda no desempenho atlético e cognitivo, mas acontece que também protege contra doenças crônicas e reduz o risco de câncer.

— Huh.

— E então, eu queria tentar — digo.

— Espere. — Ela me olha incrédula. — Você nunca tomou café?

Ótimo. Mais um. Como se eu já não tivesse sido provocado incessantemente sobre isso por meus companheiros de equipe.

Eu balanço minha cabeça. — Eu provei café *espresso* quando era criança e era amargo, então não vi necessidade de fazê-lo novamente… até aquele artigo.

Ela considera isso por um segundo. — Tive a mesma experiência com cerveja, também não tomei nenhuma desde então.

Huh. — Talvez as pessoas devessem dar às crianças coisas que elas não querem que consumam mais tarde na vida. — Como açúcar, quase digo, mas paro a tempo.

— Teria que ser uma substância amarga — Ela me lembra. — Caso contrário, o plano pode sair pela culatra.

Merda. Então, minha ideia do açúcar é um fracasso, de qualquer maneira. — Não consigo pensar em muitas coisas que sejam amargas e ruins para você. A cerveja pode ser a única, na verdade.

— E o chocolate? — diz ela.

— Se for escuro, é bom para você — digo. — Coloco um pouco nas minhas saladas.

Ela pisca para mim. — Chocolate amargo... na salada?

— Por que não?

Ela dá de ombros. — Acho que não é tão diferente de colocar chocolate em mole sauce. Ainda assim. Parece obsceno.

— É delicioso, garanto — digo. — Ou, em vez disso, coloco em meus smoothies.

— Smoothies, é claro. — Ela balança a cabeça. — O mais próximo que cheguei de um desses foi uma lama.

Eu não mordo a isca. — Tenho certeza de que o chef poderia fazer um para você.

Ela olha em volta. — Falando em chefs e restaurantes, por que você veio aqui? Achei que você estaria no da noite passada.

— Achei que você pensaria isso, e é por isso que vim aqui. — E pedi ao chef que me preparasse esta mistura de tofu que estou gostando na verdade, que se parece o suficiente com uma mistura de ovo para evitar uma repetição da perigosa conversa relacionada à dieta – uma estratégia que claramente não deu nenhum fruto.

Sophia gesticula ao redor do lugar. — Onde está todo mundo?

Eu poderia muito bem arrancar aquele Band-aid. — Eu queria que tivéssemos privacidade, independentemente do restaurante em que comêssemos, então, reservei todas as suítes.

Seus olhos se arregalam. — Todas elas?

— Sim.

Ela morde pensativamente o item mais saudável de seu prato: uma torta de mirtilo. — Você gastou uma fortuna só para falar comigo.

Eu concordo.

— Acho que poderia ter evitado isso se eu não tivesse evitado suas ligações — diz ela após uma pausa.

— É verdade, mas você tem o direito de não falar comigo. Sou o errado... mas agradeço por você dizer isso.

Ela inclina a cabeça. — Então, voltando às informações com as quais você me subornou?

— O que tem? — Olho para nossos pratos não vazios.

— Você pode me dizer o que é? Ficarei por aqui até o final do café da manhã. Eu prometo.

Eu estalo a língua. — Você seria uma péssima estrategista de hóquei.

— Eu vou aceitar isso como um elogio. — Ela joga um pequeno muffin para mim, que eu pego e coloco de volta em seu prato antes de fazer minha melhor cara de blefe – algo que faço durante momentos críticos do jogo.

— Se você quiser informações com antecedência, terá que fazer uma excursão comigo — digo.

Ela franze os lábios e parece pensativa. Enquanto isso, a bebida dela chega e ela a empurra em minha direção.

Tomo um pequeno gole e não consigo evitar estremecer.

— O quê? — Ela questiona.

— Acho que se esqueceram de adicionar café a todo aquele açúcar. — Tomo um gole de suco de tomate para tirar o gosto de melado da boca. — Mas, ei, pelo menos não foi nem remotamente amargo.

Ela prova a bebida e suspira. — Se você me perguntar, isso precisa de outra colher de açúcar. Qual é a excursão?

Dou de ombros. — Qualquer coisa que envolva a natureza. Você escolhe.

Ela arqueia uma sobrancelha.

Tudo bem. A melhor maneira de compensar a invasão da privacidade dela é compartilhar algo embaraçoso sobre mim. — Eles não tinham nenhum documentário sobre a natureza na TV do meu quarto, e eu preciso da minha dose de natureza.

Ela inclina a cabeça. — Você gosta de shows sobre a natureza?

— Amo.

Eu me preparo para o ataque das piadas de sempre,

mas ela apenas sorri com aprovação. — Você provavelmente gostaria de visitar minha mansão.

— Por causa das tartarugas?

Ela franze os lábios. — Seu dossiê sobre mim é tão completo?

Eu balanço minha cabeça. — Eu sabia sobre Donatello e April antes de nos conhecermos. Theodore as mostrou para mim.

— Oh. Vocês saíam? — Isso é uma pitada de ciúme em sua voz?

— Não saíamos muito, mas quando ele ouviu falar de meu gosto por todas as coisas da natureza, ele me fez visitar seu santuário e tive uma boa conversa com a Dra. Kelpcon. — Ou foi legal até começar a parecer que ela queria me usar para algum tipo de experimento de reprodução humana... envolvendo nós dois. Ah, e o que tornou isso ainda pior foi que seus flertes coincidiram com o momento em que notei os botões brancos de seu jaleco.

Sophia balança as sobrancelhas. — A Dra. Kelpcon lhe contou tudo sobre as proezas sexuais de Donatello?

Eu sorrio. — Contou, mas também compartilhou algumas curiosidades que eu não sabia antes, tipo, como aquelas tartarugas têm pulmões nas costas.

Sophia cruza os braços na frente do peito. — Ela nunca me contou isso. — Ela morde o lábio. — Acho que é minha falta de um pau grande.

Arqueio uma sobrancelha.

Ela cora novamente. — Eu quis dizer Donatello, não você.

— Huh?

Ela me olha suplicante. — Podemos continuar?

Resisto à vontade de sorrir. — Os pulmões em questão estão logo abaixo do casco, então se você assustar uma tartaruga, ela se esconderá lá dentro com um silvo alto.

— Huh. — Sophia pega um muffin distraidamente. — April sibilou para mim outro dia, quando eu acidentalmente a peguei de surpresa.

— Aí está.

Ela mastiga aquele muffin de forma tão sedutora que fico olhando para o prato para manter o equilíbrio.

— O que mais a boa doutora lhe contou? — Ela pergunta.

— Ela me contou sobre os pássaros que montam em suas tartarugas. — Depois de me recuperar um pouco, olho para ela, bem a tempo de vê-la lamber migalhas de seus lábios, o que torna o referido pau bem maior.

Porque tenho quase certeza de que ela *não* estava falando de Donatello.

— Ah, certo. — Sophia ri, seu rubor quase desaparecendo. — Segundo a Dra. Kelpcon, os pássaros e as tartarugas têm uma relação simbiótica. Algo sobre carrapatos nas dobras da pele de tartaruga.

Ufa. A frase "as dobras da pele de tartaruga" acalma meu pau... um pouco. — Se você me perguntar, você tem uma relação muito mais simbiótica com essas tartarugas do que com os pássaros. Eles precisam de alguém para pagar o aluguel, e você atende.

— E o que eu ganho? — Ela pega um mini donut. — O lixo que como não inclui carrapatos.

Ela está falando sério? — Você sente-se relaxada ao observá-los. — Eu certamente relaxaria.

Suas bochechas coram novamente. — Aqueles pombinhos - ou tartarugas apaixonadas - transam demais para que eu consiga relaxar perto deles.

À menção de transar, meus olhos são atraídos para seu decote, encerrando o breve alívio do meu pau.

— Então... qual a informação como moeda de troca? — Ela pergunta, se mexendo na cadeira.

Ah. Certo. — Sr. Berger está vivo e bem.

Ela me encara confusa.

— Você queria saber se ele sobreviveu — Lembro a ela.

— Eu queria?

Eu suspiro. — O cara cuja vida salvamos. — Estou sendo generoso quando a incluo nesse "nós".

— Oh. O cara peludo que estava tendo um ataque cardíaco?

— Acontece que o nome dele é Hampton Berger e ele se recuperou completamente — digo. O que não mencionei é que nosso advogado comum não iria divulgar isso para nenhum de nós, então, usei meus próprios canais para descobrir - o mesmo Max Stolyar que me deu o dossiê sobre ela.

— Hampton Berger? — Ela ri. — Você acha que os amigos dele o chamam de Ham?

— Ham Berger?

— Ei — diz ela. — Ele sobreviveu, então não é de mau gosto.

— Não é de mau gosto? Esse ataque cardíaco pode ter sido resultado de comer muitos hambúrgueres. Além disso, alguém com o sobrenome Papachristodoulopoulou deveria realmente estar atirando pedras?

Seus olhos se arregalam. — Você disse corretamente.

— Por que eu não faria isso? — Bastou uma aula com um treinador particular de oratória que é fluente em grego – nada de mais.

— Muito poucas pessoas são capazes de fazer isso — diz ela. — Até agora, era apenas meu mordomo quem podia. Nem um único professor pode fazer isso na escola.

— Uma vergonha para aqueles chamados professores de filosofia. O grego para eles deveria ser o que o latim é para os padres católicos.

Ela sorri. — Acredito que hoje em dia eles fazem missa em inglês.

— Ah. Certo. — Eu não deveria ter usado um exemplo relacionado à religião – isso faz com que meus pais venham à mente.

— Você está bem? — Ela pergunta, suas sobrancelhas franzidas em uma pequena carranca. Ela deve ter percebido minha mudança de humor.

Devo contar a ela sobre meus pais? Eu sinto que devo isso a ela depois de tudo. Mas não. Não posso. Há uma razão pela qual nunca contei a ninguém. Sem mencionar que não é uma troca justa. Tudo o que aprendi sobre ela na investigação foram, em última análise, minúcias: onde ela estuda, sua pontuação de crédito e seus planos de fazer este cruzeiro. Max não me contou nada mais profundo e nada parecido com seu segredo mais doloroso. Não que eu ache que ela tenha tal coisa, dado o quão alegre ela...

— Mason Tugev! — Arrasta uma voz com sotaque vagamente familiar. — Por tudo o que eu vivo e respiro. *É* você.

Giro no banco e vejo um cara supermagro, de uniforme amarrotado, uma garrafa de vodca na mão e dois litros no hálito.

Sophia me lança um olhar questionador e eu dou de ombros, tão confuso quanto ela.

— Sou eu — diz o cara depois de um soluço. — Seu maior fã.

Bem, isso explica por que ele está aqui.

— Oi — digo no tom mais amigável que posso reunir – porque você tem que ser legal com os fãs. — É um prazer conhecê-lo. — Seria tão prazeroso procurar carrapatos alcoolizados nas dobras da pele de uma tartaruga bêbada.

— Espere, você não me reconhece? — Ele bate a vodca na mesa e estende a mão de cadáver para mim. — Eu sou Ivan Vorobey.

Os olhos de Sophia se arregalam, então começo a suspeitar que ele é algum tipo de celebridade, mas não tenho a menor ideia de como o conheço. Quer dizer, eu me lembraria desse nome: se traduzido do russo, é

Jack Sparrow, que é o nome do pirata interpretado por...

— Ele é o capitão — diz Sophia, quando eu estava prestes a dar esse salto. Ela abaixa a voz e se aproxima de mim. — E ele está bebendo.

Ivan aponta para sua garrafa com desdém. — Só um pouco de digestivo depois do café da manhã.

Ele pega meu copo d'água, derrama o conteúdo no chão e o enche até a borda com vodca. — Tome uma dose comigo — diz ele. — Para homenagear nosso encontro.

— Desculpe, não posso beber isso — digo.

— Úlcera estomacal? — Ele pergunta em um sussurro horrorizado, geralmente reservado para discutir doenças como o câncer. — Aconteceu com meu velho. Os médicos proibiram-no de beber. — Ele estremece. — Acredito que você ainda pode tomar vodca por via retal, mas meu pai recusou essa opção, temendo que isso o tornasse gay.

Há muito o que desencavar aí, mas simplesmente afasto a vodca e, mantendo meu tom amigável aos torcedores, digo: — Meu treinador me proibiu, e eu o respeito mais do que qualquer médico — Não é nem uma mentira completa: o treinador sempre nos diz para não bebermos demais, e tal "dose" seria qualificada como tal. Mais importante ainda, preciso ficar atento para acompanhar Sophia.

— Mas é claro! Claro. — Ivan engole o copo que serviu para mim de um só gole. — Deve-se sempre ouvir o capitão, o treinador, a esposa e a amante.

Posso dizer que Sophia, assim como eu, está se perguntando se ele se refere à amante do tipo BDSM ou à mulher com quem está traindo a esposa.

— Então — diz Ivan —, eu queria te perguntar sobre aquele jogo em que você marcou três gols.

Porra. Olho para Sophia em busca de ajuda, mas ela claramente ainda guarda rancor porque diz: — Ah. Ótimo. Vocês, rapazes, têm a sua conversa. Vou selecionar a excursão.

— Obrigado — Resmungo.

— Sem problemas. — Ela se levanta, me manda um beijo sarcástico de despedida e vai embora, deixando para trás um leve aroma de manga e melancia.

Viro-me para Ivan. — Pode ser um pouco mais específico?

Ele se serve de outro copo de vodca. — O que você quer dizer?

— Marquei três gols em muitos jogos.

— Ah. — Ele engole a bebida. — Quero dizer aquele em que você deu um soco naquele cara. E aquele outro cara.

Suprimo um suspiro. Esta será uma manhã muito longa.

Capítulo 22

Sophia

Depois de agendar a excursão, passeio pelo Central Park e pondero por que e como consegui perdoar Mason tão rapidamente. Porque, de alguma forma, eu fiz exatamente isso e não acho que ele mereça.

Estou sendo superficial? Estou deixando-o escapar impune de um assassinato por causa de sua aparência?

Talvez. Então, novamente, ele se desculpou. E ele descobriu sobre o cara do hambúrguer para mim. Sem mencionar que ele também salvou a vida do dito cara, em primeiro lugar. Eu só tenho que ter certeza de não ir além do mero perdão quando...

— Joaninha — Mason diz, correndo até mim sem ofegar nem um pouco. — Que atividade divertida você reservou para nós?

— Ei. — Eu estava meio que esperando que o bom capitão estivesse permanentemente ligado a Mason, mas ele está desaparecido. — Você gosta da vida marinha?

Ele acena com entusiasmo. — Vamos mergulhar com snorkel?

— Não. — Não sou tão tola a ponto de me expor à visão dele vestindo apenas calção de banho. Dessa forma, haverá uma repetição do Dia F, ou pior. — Assim que chegarmos ao próximo porto, faremos um passeio em um barco com fundo de vidro. — Fazendo o possível para simular o tom vendedor do concierge, digo: — É como usar uma máscara de mergulho enquanto me mantenho seca.

Porque se Mason se molhar, eu também me molharei.

— Isso é ótimo — diz ele. — Provavelmente poderíamos avistar corais, peixes, algas marinhas ou talvez até um naufrágio.

— Falando em naufrágios — digo —, onde está o bom capitão?

— Você quer dizer o capitão não tão bom? — Mason sorri ironicamente. — Ele bebeu tanto que eu não confiaria a ele um navio de papel.

— Eu sei, certo? — digo enquanto seu sorriso faz algo vibrar em minha barriga.

Quero dizer, não, não importa. Isso é medo pela minha vida, dada a situação do capitão.

Mason estende o braço para mim, mas hesito.

— Não tenho certeza se isso fará você se sentir melhor — diz ele. — Mas eu o confrontei sobre a bebida, e ele me garantiu que tem uma alta tolerância e que, e cito, "seria preciso muito mais do que *isso* para me fazer perder o navio".

— Que reconfortante. — Deslizo minha mão na curva de seu cotovelo, mas apenas porque ignorá-lo é estranho. A ação é um erro, porém, porque sentir seu bíceps duro intensifica a vibração do "medo pela vida".

Mason age como se minha mão em seu braço fosse uma conclusão precipitada.

— O que pode ser mais reconfortante é este fato: ele não dirige o navio como você faria com um carro. Ele usa sistemas de navegação como radar, GPS e piloto automático. Mais importante ainda, uma equipe de oficiais e tripulantes experientes opera esses sistemas. Muitos deles são da Índia e são, para citar novamente Jack Sparrow, "abstêmios com muitos PhDs".

— Jack Sparrow?

— O nome dele foi traduzido do russo — Explica ele.

Aperto seu braço. — Você fala russo?

— O suficiente para traduzir esse nome — diz ele.

— Isso é louco. Apesar de ter estudado espanhol durante dois anos na escola, só consigo dizer algumas frases. E só sei algumas palavras em grego.

Esta última parte me lembra desagradavelmente minha mãe. Estranhamente, o bíceps de Mason fica tenso ao meu alcance, como se o assunto o ofendesse. No entanto, quando ele fala, seu tom é brando.

— A maioria dos estonianos sabe um pouco de russo — diz ele.

— Ah. É a língua que seus pais falam?

Ele faz uma parada brusca e liberta o braço do meu toque. — Você sentiu isso?

Eu franzo a testa. — Senti o quê?

— O navio parou.

Como que para confirmar as suas palavras, o intercomunicador ganha vida e o diretor do cruzeiro dá-nos as boas-vindas para desembarcarmos.

— Onde você quer se encontrar? — Mason pergunta assim que o anúncio termina.

— Na entrada do porto? — Ainda estou confusa com o comportamento dele.

— Certo — diz ele. — Vejo você lá.

Com isso, ele sai correndo sem olhar duas vezes.

Só depois que ele se foi é que percebo que a estranheza coincidiu com o fato de eu ter trazido à tona o assunto dos pais dele.

———

Quando encontro Mason na entrada do porto, ele parece bem.

Mais do que bem.

Ele trocou a camisa por uma camiseta justa e a calça por um calção de banho, uma combinação que distrai injustamente.

— Onde embarcaremos no barco com fundo de vidro? — Ele pergunta, olhando em volta com curiosidade.

— Lá. — Aponto para um barco que parece um brinquedo de criança ao lado do *Maravilha dos Oceanos.*

Mason inclina a cabeça. — Não tenho certeza se vou caber em um espaço tão pequeno.

Não tenho ideia de por que essa afirmação faz minhas bochechas queimarem, mas acontece. — Felizmente, seu ego não ocupa espaço, então devemos ficar bem.

— Touché. — Ele estende o cotovelo para mim mais uma vez e – por pura conveniência – coloco minha mão em seu bíceps e o conduzo ao nosso destino.

Hum. Ao embarcarmos, percebo que nossa futura viagem não é apenas pequena em proporção ao navio do cruzeiro. É pequena quando comparada a outras coisas grandes, como, digamos, Uber.

— Você reservou o barco inteiro? — Mason pergunta, examinando os assentos vazios. — Achei que isso fosse jogada minha.

— Não, não reservei. — Acho que esta excursão não atraiu mais ninguém.

Ops. Falei muito cedo.

Um casal mais velho caminha de mãos dadas, a esposa sorrindo como se sua vida dependesse disso e o marido parecendo que acabou de engolir um limão podre.

— Oi — diz a mulher com sotaque sulista. — Eu sou Martha e este aqui é Andrew.

Andrew grunhe algo com um forte sotaque do Brooklyn.

— Olá — Mason diz em um tom incomumente amigável. — Venham se sentar ao nosso lado. Sophia aqui está querendo conversar com estranhos.

Isso é uma crítica ao meu desejo de comer nas mesas compartilhadas no cruzeiro ou um desejo genuíno de ajudar? É difícil dizer com esse cara.

— Oi. — Estendo minha mão a cada um dos recém-chegados. — Como Mason disse, eu sou Sophia. Nós dois somos de Nova York.

— Eu também sou de Nova York — diz Andrew, e não aponto que poderia ter adivinhado com base em seu sotaque.

— Mas agora ele mora na Flórida — diz Martha. — Comigo e nossos dezesseis Huskies Siberianos.

Dezesseis?

Se sua sobrancelha arqueada servir de indicador, Mason também está impressionado com o número.

— Você poderia correr dois trenós com tantos. — Mason coça a cabeça.

Quando todos olhamos para ele de forma interrogativa, ele explica: — Os trenós puxados por cães são uma atividade popular na Estônia.

Ah. Certo. Pelo pouco que conheço de geografia, a Estônia é um lugar frio.

Se Andrew e Martha têm dúvidas sobre a pátria de Mason, eles não as expressam. Em vez disso, eles olham cautelosamente pela janela a tempo de ver nosso pequeno barco começar a se mover.

Seguir o olhar deles me faz sentir estranha, então olho para a atração principal desta excursão, o fundo de vidro.

Exceto que ainda não há muito para ver.

Droga.

Espero que algo apareça e logo.

Nosso barco ganha velocidade, e eu gostaria que isso não acontecesse. Posso senti-lo se movendo muito mais do que o navio do cruzeiro. Pensando bem, no navio quase não percebi que ele estava navegando.

Quando olho para cima do fundo de vidro, encontro Martha e Andrew parecendo desconfortáveis, então começo a conversa sem perguntar a ninguém em particular: — Huskies gostam de frio, certo?

Martha estreita os olhos para mim. — O que você está tentando dizer?

— Nossos cães são muito felizes — diz Andrew desafiadoramente. — Eles gostam do sol.

Eles estão protestando demais?

— Os cães de puxar trenós têm pelagem dupla — Acrescenta Mason. — Ajuda com o frio, mas, em caso de emergência, também pode proteger do calor. Ainda assim, duvido que eles devam se exercitar demais ao ar livre, sob o sol da Flórida.

— Eles são felizes — Martha sibila. — Felizes, eu te digo.

Oh, droga. O que dissemos?

— Temos o ar-condicionado ajustado a vinte e três graus para eles — diz Andrew. — Eles nunca superaquecem.

— OK. Suave. — Sorrio fracamente. — Sem trocadilhos.

Ignorando-me, Martha sussurra algo no ouvido do marido.

Parecendo que o limão que comeu de repente ficou

mais azedo, Andrew se levanta e pigarreia. — Eu me sentiria mais confortável se me sentasse na entrada — diz ele. — Venha, querida.

Ambos se levantam, claramente ansiosos para ficar o mais longe possível de nós – ou de mim.

Nota para mim mesma: ao conhecer pessoas com cães, nunca faça perguntas, caso contrário.

Merda.

Enquanto observo o andar vacilante do casal, algo estremece em meu estômago, e não me refiro à culpa pela gafe social.

— Como foi? — Mason sussurra sarcasticamente quando os moradores da Flórida estão fora do alcance da voz. — Tem certeza de que ainda está chateada por eu ter privado você de mais do mesmo no cruzeiro?

Dou de ombros e aponto para baixo. — Eu vejo algo.

O algo é água menos turva que fica mais azul e mais transparente a cada minuto. Logo, a vista se torna realmente interessante, ou tão interessante quanto peixes, algas marinhas e corais podem ser.

Então, novamente, pela expressão no rosto de Mason, você pensaria que estávamos assistindo a um blockbuster de verão cheio de ação.

De repente, ouço um som de vômito.

Oh, não.

Andrew se levanta e corre para o convés, com Martha atrás dele.

Algo que eles comeram? Norovírus? De qualquer forma, espero que eles não estejam em nosso cruzeiro.

Mas não.

Percebo que também tenho me sentido cada vez mais tonta. Eu simplesmente não me permiti pensar nisso... mas está ficando mais difícil de ignorar a cada segundo.

É uma sensação muito parecida com a minha ressaca pós-Dia F. Só que meu mundo está girando mais agora, e a náusea é mais intensa. Sem mencionar que tenho um desejo desesperado de estar em terra firme, o que não fazia parte da minha experiência pós-Dia F.

— Você está bem? — Mason pergunta, parecendo preocupado.

— Claro. — Respiro fundo. — Por que você pergunta?

— Você parece meio verde.

— Estou bem. — Cometo o erro de olhar pela janela e, assim que vejo o oceano se mover, meu enjoo se intensifica.

Respiro fundo mais algumas vezes.

— Você não parece bem — diz Mason.

— Eu poderia ter um pouco de ar fresco. — Exceto que me sinto mal por interromper sua diversão de show da natureza.

— Boa ideia. — Ele me ajuda a levantar. — Vamos conseguir um pouco para você.

Saímos para o convés e, a princípio, o ar fresco parece ajudar, mas depois ouço sons vindos de outra parte do barco que me lembram a cena do vômito de projéteis em *O Exorcista*.

— Caralho — Mason rosna. — Você quer voltar?

Balanço a cabeça e engulo a baba que se acumula de forma desagradável na minha boca.

— Aqui. — Ele tira a camisa, molha-a com a água da garrafa e pressiona a compressa fria na minha testa.

OK. Entre ver Mason sem camisa e o frio, me sinto um pouquinho melhor, mas então os sons recomeçam, estragando tudo.

Não consigo nem dizer quem está fazendo os sons neste momento: Martha, Andrew ou, muito provavelmente, Pazuzu, o demônio antagonista de *O Exorcista*.

Mason me olha preocupado enquanto sinto Pazuzu deslizar em meu próprio corpo e usar seus dedos nodosos para apertar o centro da náusea em meu cérebro. Arfando, me inclino sobre o corrimão tão rápido que Mason deve pensar que quero cair no mar. Ele me agarra com força, mas então a posse de Pazuzu toma conta e ele passa a segurar meu cabelo.

Porra. Vou morrer. Minhas entranhas estão saindo pela boca. Isso continua até que sinto que meu baço está nadando com os peixes.

Quando acaba, finalmente me sinto um pouco melhor. Mas estou mortificada, ainda mais do que quando enfiei a mão numa caixa de amostras ao lado de uma loja de donuts, apenas para perceber que não era uma caixa de amostras. A mulher que segurava a caixa era funcionária de uma loja de donuts no intervalo, e a caixa era seu almoço.

— Bebida. — Mason estende sua garrafa d'água para mim, sua expressão preocupada em vez de enojada.

— Você terá que queimar esta garrafa — Murmuro.

— Pare de ser boba e beba. — Ele coloca a garrafa em minhas mãos.

Certo. Eu me forço a tomar um gole. Então outro.

— Bom trabalho — diz Mason. — Agora olhe para o horizonte distante.

Eu o faço e isso ajuda um pouco mais.

— Fique aqui. — Mason me move alguns metros, me arrumando de tal forma que sinto o vento no rosto.

Sim. Assim é melhor, exceto que os sons retornam.

— Não se preocupe — diz Mason. — Eu cuido disso.

Ele tem o quê? Água benta?

Para minha surpresa, Mason começa a cantar a plenos pulmões. A música está num idioma que não reconheço — talvez russo ou estoniano. É lenta e repetitiva, e Mason canta desafinado, mas faz um ótimo trabalho em abafar os sons de Pazuzu. Combinado com a observação do horizonte e o vento no rosto, isso me faz sentir quase humana.

Depois de cerca de um minuto, Mason para de cantar e ouço alguém perguntar: — Devemos voltar?

É o capitão do barco. Ao contrário do homólogo do nosso navio do cruzeiro, ele não parece bêbado demais.

— Sim, porra, por favor — Mason brada. — Leve-nos para a Costa o mais rápido possível e navegue suavemente de agora em diante, ou arrancarei seu braço.

Arrancar o braço dele? Parece algo que um viking diria... e eu não deveria achar isso sexy. De forma alguma. Sou uma pacifista, ou assim pensei. Além disso, é possível navegar suavemente? Não tenho certeza, mas dada a expressão assustada no rosto do capitão, ele certamente dará o seu melhor.

Quando Mason se vira para mim, sua expressão feroz se transforma novamente em preocupação, e ele retoma seu canto – bem a tempo também, enquanto Pazuzu tenta me possuir novamente.

Depois do que pareceram quatro horas de tortura, atracamos e Mason me carrega para fora do barco, abraçada ao peito como uma noiva. Estou tão enjoada que nem encontro forças para protestar. Tudo o que posso fazer é ofegar: — Não me leve de volta em nenhum navio. Eu não estou preparada.

— Claro. Quer sentar naquele banco? — Ele aponta para um que está tão longe que eu nem veria o oceano dele – uma grande vantagem no momento.

Eu concordo. — Vamos primeiro ao banheiro, por favor.

A esta altura, tenho quase certeza de que consigo ficar de pé sozinha, mas ele me carrega até lá, de qualquer maneira. Ele está prestes a entrar no banheiro feminino comigo quando finalmente me recupero.

— Posso usar o banheiro sozinha — digo, me libertando. — Obrigada.

Ele me coloca no chão e observa com ceticismo enquanto dou alguns passos (reconhecidamente instáveis).

— Eu vou ficar bem. — Devolvendo-lhe a camisa molhada que tinha sido minha compressa, corro para o banheiro.

Droga. Quando me olho no espelho, estou mais pálida do que a cabine próxima. Ah, bem. Faço meus negócios, lavo o rosto com sabonete e depois faço o possível para ficar o mais apresentável possível após um ataque de Pazuzu.

Quando saio, Mason está com a camisa de volta – uma pena. Ele também está segurando o telefone no ouvido e de costas para mim, então ele não percebe que estou atrás dele.

Não tenho ideia do porquê, mas me aproximo suavemente para ouvir sua conversa – apenas para perceber que se nossos papéis fossem invertidos, eu chamaria isso de comportamento de perseguição e nunca deixaria que ele se esquecesse disso.

— Claro, ingressos para sua esposa e amante também — diz Mason, e solto um suspiro que não percebi que estava prendendo. Uma parte de mim pensava que ele poderia estar falando com uma esposa ou com uma namorada que ele nunca mencionou, mas é improvável que qualquer uma dessas entidades tivesse uma esposa e uma amante – a menos que ela fosse especialmente francesa.

— Mas — Continua Mason — nesse caso, você terá que atrasar a partida em três horas.

Oh. Ele está falando com o...

— Obrigado, Ivan — diz Mason, confirmando meu palpite. — Depois do jogo, autografarei o disco para você.

Percebo que ele está prestes a desligar, então ando na ponta dos pés até o banheiro para parecer que estou saindo quando ele se vira em minha direção.

— Ei. — Aproximando-se de mim, ele me pega de novo sem cerimônia e me leva até o banco distante. — Como você está se sentindo?

Agora que não estou doente, seu toque envia ondas de calor para todos os meus lugares secretos, mas não vou admitir isso. Em vez disso, engulo e digo com voz rouca: — Melhor.

Também estou emocionada por ele ter se dado ao trabalho de atrasar o cruzeiro para mim, mas também não digo isso a ele, caso ele esteja prestes a usar isso como moeda de troca para me fazer vender o time. Mais importante ainda, não vou admitir que escutei a conversa – gosto demais da minha posição de elevado nível moral para isso.

— Basta sentar, respirar e relaxar. — Ele me coloca no banco e se senta ao meu lado, passando o braço sobre meus ombros.

Isso é legal... mas é muito parecido com estar no cinema com meu namorado, então, eu deveria dizer a ele para parar.

A qualquer momento.

Por outro lado, o braço dele está de alguma forma me ajudando a me recuperar, o que acho que justifica permitir o abraço um pouco mais.

Por alguns minutos. Ou uma dúzia de minutos.

Ele também cheira muito bem, como uma floresta

de inverno. Existe algo chamado aromaterapia, então eu apenas inspiro mais fundo e me deixo aproveitar.

Ele olha para mim e acena com aprovação. — Sua cor está voltando.

Talvez. Ou talvez seja a base que apliquei enquanto estava no banheiro. — Qual foi a música que você cantou para mim?

Ele remove abruptamente o conforto do braço e, através da regata molhada, posso ver seus músculos ficando tensos. — Canção de ninar da Estônia. Minha mãe cantava para mim quando eu era pequeno.

Ah, merda. Acho que finalmente entendi. — Alguma coisa aconteceu com ela, não?

A expressão de Mason fica tempestuosa. — Não.

— Oh. — O que, então? Porque seus pais parecem ser um assunto delicado, para dizer o mínimo.

Devo estar olhando para ele com expectativa, porque ele esfrega a mão áspera no rosto e solta um suspiro antes de desviar o olhar. Quando ele olha para mim, sua expressão é cuidadosamente vazia. — Minha mãe e meu pai estão vivos e bem — diz ele uniformemente.

Eu mordo meu lábio. Ainda posso sentir alguma coisa ali, e algum demônio me incita a perguntar: — Seu dossiê mencionou *minha* mãe?

Ele balança a cabeça. — Realmente não foi tão profundo quanto você pensa. Principalmente, aprendi sua pontuação de crédito, quanto você tinha de renda antes de sua herança e, o mais importante, os lugares onde eu poderia encontrar você.

Oh. Então... nada sobre Rupert. Um peso enorme sai dos meus ombros. Prefiro vomitar na frente de Mason mais uma dúzia de vezes do que fazê-lo descobrir como fui enganada como uma tola apaixonada. Mas sinto vontade de contar mais alguma coisa a ele, até porque tenho certeza de que há algo complicado acontecendo entre ele e seus pais... assim como entre minha mãe e eu.

— Quando fiz dezoito anos, minha mãe abriu vários cartões de crédito em meu nome e usou o dinheiro para pagar seu vício em drogas — digo, combinando com seu tom sereno. Não sei por que, mas não acho isso tão embaraçoso quanto a situação de Rupert – talvez porque, neste caso, eu não participei da minha própria destruição. — Nem é preciso dizer — Continuo — não estamos mais nos falando.

As feições duras de Mason suavizam. Ele pega minha mão e dá um aperto reconfortante que é um toque forte demais. — Eu sinto muito. Eu sei exatamente como você se sente.

— Você sabe? — Eu fico olhando para ele.

A mandíbula de Mason fica tensa. — O que estou prestes a lhe contar, nunca contei a ninguém.

Eu não pisco. Eu até paro de respirar momentaneamente.

— Meus pais não me querem em suas vidas. — As palavras estão carregadas de tanta dor que minha garganta queima por causa dele. — Lembra quando eu lhe contei que a Estônia é o país menos religioso do mundo? Bem, por ironia, meus pais encontraram a religião e se transformaram no tipo de fanáticos que lhe dá duas opções: junte-se a nós ou nunca mais queremos vê-lo.

Essa é a última coisa que eu esperava ouvir.

Sem palavras, fico boquiaberta para ele.

— Na verdade eu tentei. Fui aos cultos com eles e li seus livros sagrados – mas é claro que é muito difícil fingir entusiasmo. Não ajudou em nada o fato de eles pensarem que eu estava tramando uma "devassidão" com base nas besteiras que leram sobre mim nos tabloides. Mesmo que as histórias fossem verdadeiras, eles me julgarem é no mínimo hipócrita – meu pai costumava beber mais vodca do que nosso capitão, e minha mãe teve pelo menos dois casos, que eu saiba. Mas, de qualquer forma, eventualmente eles me sentaram e me disseram que decidiram que seria melhor para eles se não tivessem um filho, e pediram que eu nunca ligasse ou visitasse.

Desta vez, sou eu quem segura a mão dele. Está gelada, então esfrego-a entre as palmas, usando a fricção para devolver um pouco de calor à sua pele.

— Sinto muito — digo sinceramente. — E espero que você perceba que a perda é deles.

E eu falo sério também. Ele é um homem atraente, bem-sucedido e rico que, deixando de lado essa coisa de perseguidor, também é genuinamente legal. Pelo menos no que diz respeito a cuidar de uma mulher enjoada. Ou salvar a vida de um homem.

Sim, esse último é meio importante.

— O mesmo vale para você — diz ele. — Sua mãe é quem está perdendo.

Engulo um nó repentino na garganta. — Sim, claro.

— Estou falando sério — diz ele.

Eu suspiro. — Racionalmente, eu sei que isso é verdade, mas muitas vezes me sinto um merda, de qualquer maneira. — E tive problemas que me levaram a acabar com alguém como Rupert.

— Eu entendo. — Ele cobre minhas mãos com as dele. — Assim como sei que outra pessoa não vai me machucar da mesma forma que meus pais fizeram, mas muitas vezes ainda sinto que eles poderiam fazer isso.

Problemas de confiança. Devo dizer a ele que esse poderia ser meu nome do meio?

— É por isso que você não teve um relacionamento sério? — Eu deixo escapar, então estremeço com minha própria franqueza estranha. — Estou perguntando em nome de todas as suas fãs fanáticas. — Não, isso não melhorou.

Ele arqueia uma sobrancelha. — Então... você pesquisou sobre mim?

Ele me disse que não namora, mas eu queria me aprofundar no assunto. — Não é perseguição — digo defensivamente. — Você é uma figura pública.

Ele suspira também. — Nunca pensei nisso dessa maneira, mas talvez você tenha razão. Certamente não confio nas pessoas facilmente... mas, de alguma forma, sinto que posso confiar em você. Talvez porque você me contou seu maior segredo?

Exceto que não. Rupert é meu maior segredo e não o mencionei.

— E você? — Mason pergunta. — Você já teve algum relacionamento sério? E antes que você traga à tona o maldito relatório que fiz sobre você, ele não dizia nada sobre isso, ou então eu não perguntaria.

Se eu fosse contar a ele sobre Rupert, esta seria minha chance. Ele certamente compartilhou algo muito doloroso e pessoal.

Mas, aparentemente, não consigo, e é por isso que minha boca diz: — Não. Não tive nenhum relacionamento sério.

Se eu fosse Pinóquio, meu nariz seria do comprimento de Uber.

A expressão simpática de Mason me faz sentir um pedaço de Pazuzu por mentir.

— Você acha que é por causa da coisa com sua mãe?

Dou de ombros. — Isso é o que qualquer terapeuta diria.

Ele acena com a mão com desdém. — O treinador fez com que todos nós víssemos uma dessas. Ela tentou me seduzir.

— Aquela vadia. — Ops, isso simplesmente escapou. — Quero dizer, seduzir um paciente é contra todas as regras.

Um sorriso diabólico torce seus lábios. — Você é ciumenta?

— Por que eu ficaria com ciúmes? — Sério, eu gostaria de saber… porque estou totalmente.

— Não sei. — Ele inclina a cabeça. — Parece que você está com ciúmes.

— Não estou. — Hora de mudar de assunto. — Você já ouviu falar do paradoxo de Pinóquio?

Hmm, a primeira coisa que faço depois de mentir é mencionar um mentiroso famoso? Suave.

Mason coloca o braço em volta de mim novamente. — O que, por favor, diga, é o paradoxo de Pinóquio?

— Bem... — Faço o meu melhor para não soar como o Professor Ambien. — Este paradoxo surge se Pinóquio disser: 'Meu nariz cresce agora'.

Mason franze a testa. — Porque se o que ele diz é verdade e seu nariz está crescendo, isso seria quebrar a regra de que só cresce quando ele mente. Mas se o que ele diz é falso e seu nariz não está crescendo, então ele está mentindo...

Ele esfrega as têmporas. — É por isso que nunca me formei em Filosofia. Pode causar uma dor de cabeça pior do que um disco na cabeça.

— Desculpas. Não sabia que usar o cérebro poderia lhe dar dor de cabeça. — Na verdade, não sou fã de paradoxos, e por razões semelhantes às dele, mas eles proporcionam uma grande distração – caso em questão: chega de falar sobre ciúme.

Mason revira os olhos. — Você sabia que existe uma versão russa de Pinóquio? Seu nome é Buratino e seu nariz é permanentemente comprido – não porque ele seja um mentiroso, mas apenas porque foi isso que o autor, Tolstoy, decidiu. A história é muito popular na Estônia.

Eu fico boquiaberta para ele. — Tolstoy? Como o cara que escreveu *Guerra e Paz*? Seria como se a Disney produzisse *O Massacre da Serra Elétrica*, edição musical.

— Não, não esse, mas um parente distante dele — diz Mason. — Na verdade, existem três Tolstoy famosos: Lev Nikolayevich, Aleksey Nikolayevich e Aleksey Konstantinovich.

— Não é nada confuso — digo com um sorriso.

— Não é tão confuso quanto o paradoxo de Pinóquio — Retruca ele.

— Touché. — Olho para o grande relógio acima do prédio onde ficam os banheiros. — Não deveríamos voltar?

Pergunto por dois motivos: realmente não tenho ideia de quanto tempo Ivan concedeu a ele, mas, o mais importante, gostaria de ver se ele tentará lucrar com o que fez por mim.

— Ah, você não recebeu a mensagem? — Ele pergunta.

Dou um tapinha nos bolsos vazios do telefone. — Estou em um detox digital.

Ele acena seu telefone para mim. — Por algum motivo, nossa partida atrasou três horas.

Alguma razão? Portanto, ele *não* está recebendo crédito, o que é mérito dele. A menos que... ele saiba que eu ouvi e esteja sendo maquiavélico?

— Como você está se sentindo? — Ele pergunta.

Eu me procuro por quaisquer vestígios de Pazuzu, mas não encontro nenhum. — Melhor. Por quê?

— Pode ser bom dar um passeio — diz ele. — Há um jardim botânico próximo – nenhum oceano à vista.

— Sim. Isso pode ser legal. Quanto mais longe eu estiver dos barcos, melhor.

Saímos e conversamos sobre o que gostamos e não gostamos enquanto caminhamos. Acontece que nós dois gostamos de videogame, o favorito dele é um jogo de hóquei – é claro – enquanto o meu é *The Talos Principle*, um jogo de quebra-cabeça filosófico. Além disso, estamos jogando a mesma franquia de videogame no momento: *Assassin's Creed*, exceto que meu jogo trata dos vikings, enquanto o dele se passa na Grécia Antiga.

— Você está se sentindo bem agora para voltar ao cruzeiro? — Ele pergunta quando voltamos para a entrada do jardim.

— Acho que sim. — Tipo, esqueci completamente de Pazuzu.

— Em qual restaurante devemos jantar? — Ele pergunta enquanto voltamos.

Eu sei que deveria me opor a passar tanto tempo juntos, mas não o faço. — Que tal o VIP?

E não estou escolhendo porque é mais romântico. É apenas mais perto da minha suíte, só isso.

— Boa escolha — diz Mason. — É Noite do Capitão no outro restaurante.

Hum. Esta foi outra chance de se gabar do que ele fez por mim, mas ele ficou calado. Também...

— A 'Noite do Capitão' significa que todos têm que

se vestir formalmente? — Tipo, eu poderia ver Mason vestindo terno ou smoking?

— Sim. — Ele estremece. — Com todos aqueles malditos botões.

Ah. — Sim. Não. Vamos ficar no restaurante VIP.

Ele parece aliviado, o que me aquece por algum motivo incompreensível.

— Então... — diz ele. — É seguro dizer que nossa excursão foi um embuste?

Eu rio sem humor. — Um embuste seria ver alguma água lamacenta. O que tivemos foi uma confusão.

— Nesse caso, digo que não conta e faremos outra coisa amanhã.

Uau.

Outro encontro... quero dizer, excursão.

Eu quero tanto que é assustador, e pode ser por isso que digo: — Não. Mas boa tentativa.

Ele se vira para mim, os olhos cinzentos brilhando. — Por que não?

Dou de ombros. — Nunca concordamos em fazer tudo de novo se o passeio de barco de vidro fosse uma droga.

Ele acena com conhecimento de causa. — E se eu lhe contasse outra informação interessante?

Aí está. Ele vai confessar o atraso agora? — Que tipo de informação?

— Oh, é algo suculento — diz ele com uma piscadela sedutora. — Eu ia usá-la na primeira noite, para que você ficasse para jantar, mas, felizmente, não precisei.

Ah, então ele não está confessando tudo. Mas então, o que poderia ser? — Certo. Diga-me.

— Não tão rápido — diz Mason. — Faremos a excursão primeiro; eu conto o segredo depois – e somente se não for outra confusão, então, escolha a atividade com sabedoria.

Eu suspiro. Espero não acabar desistindo dos meus segredos por causa de tudo isso. Além disso, a curiosidade está me matando. — Que tal você me contar agora, e eu lhe dou minha palavra de fazer a excursão?

— Não — diz ele. —, mas boa tentativa.

Capítulo 23

Mason

Durante o resto da caminhada e o jantar, Sophia tenta me fazer contar o segredo que pendurei na frente dela, mas continuo firme.

— Você sabe — digo enquanto terminamos a sobremesa. —, até hoje, eu achava que Spike era a criatura mais curiosa do planeta, mas você passa a frente dele.

Na verdade, aposto que se eu tivesse um segredo interessante o suficiente, poderia fazer com que ela me vendesse o time... só que parece que não me importo mais com isso.

Ela pisca os cílios para mim. — A curiosidade é meu único vício.

Examino a mesa com restos de sobremesa espalhados. — Sim. Totalmente.

Ela se levanta. — Certo. Eu gosto dos meus doces. E durmo até tarde de vez em quando.

Típico. Assim que estou me levantando, ela

menciona a si mesma na cama, então aqui estou eu, acompanhando-a até sua suíte com uma grande ereção.

À medida que caminhamos, o vento deve aumentar porque posso sentir o movimento do navio, um balanço suave embaixo de nós. Felizmente, *ela* não consegue sentir isso, e eu não conto a ela sobre, para não provocar qualquer tipo de enjoo nocebo. Eu apenas a observo de perto para ver se ela não se sente bem – o que acaba sendo um erro.

Olhar para ela é fazer coisas ruins ao já mencionado tesão.

Quando chegamos à porta dela, ela limpa a garganta. — Obrigada. Foi um bom dia, considerando todas as coisas.

Meu olhar cai para seus lábios e me aproximo, meu coração batendo mais rápido quando seu doce perfume atinge minhas narinas. — Por que não tornamos isso ainda melhor?

Ela balança a cabeça veementemente. — Desculpe. Não. Eu tenho que ir.

Com isso, ela desliza a chave pela porta, mas rápido demais novamente. Depois de alguma agitação, ela abre a porta e corre para dentro, como se estivesse sendo perseguida por um disco voando a cento e sessenta quilômetros por hora.

Porra. Eu interpretei mal a situação tão completamente? Achei que ela pelo menos me beijaria, mas ela agiu como se eu tivesse contraído lepra.

Entrando em minha própria suíte, tomo um banho frio – o que não faz nada para minha luxúria inspirada em Sophia, então, toco meu pau como um plano B, pensando nela o tempo todo, mas especialmente quando gozo.

Apesar de tudo isso, quando vou para a cama, Sophia está em minha mente e o sono se recusa a chegar – o que me obriga a fazer algo que sou péssimo: examinar meus sentimentos.

Não demoro muito para entender o quão fodido estou.

Quando se trata da Sophia, comprar o time não é mais meu objetivo principal... porque eu *a* quero mais.

Eu sei que é estúpido. Ela é a dona do time, é muito jovem para mim e, o mais importante, ela pode nem me querer assim, como evidenciado pelo beijo que nunca aconteceu. O que ela chama de Dia F pode ter sido um erro de embriaguez da parte dela, e talvez não tenha sido tão bom para ela quanto foi para mim – embora ela com certeza parecesse estar se divertindo.

E aqui vou eu. Duro. De novo.

Estou fodido.

———

De manhã, Sophia aparece para tomar café da manhã no mesmo restaurante de ontem, o que é um bom sinal. Se ela quisesse me evitar, poderia ter ido ao outro restaurante, embora pudesse ter decidido que eu pensaria que ela estaria em outro lugar com base na psicologia reversa.

— Ei. — Ela sorri para mim.

OK, um sorriso não é o que alguém dá quando está infeliz por você ter adivinhado o paradeiro dela corretamente.

— Como você dormiu? — Ela pergunta.

— Como uma pedra. — Tipo, meu pau estava duro como uma pedra, graças a uma certa pessoa e seus seios perfeitos.

Ela pega um prato e, como esperado, enche-o com todas as opções mais carregadas de açúcar à mostra.

Retomamos parte da conversa de conhecer-um-ao-outro e, entre outras coisas, descubro que ela sempre teve dificuldade em insultar as pessoas. Provavelmente vou me arrepender mais tarde, mas me ofereço para ajudá-la a melhorar suas habilidades e, depois, lhe ensinar algumas das joias do repertório que minha equipe e eu usamos no gelo.

— Pensei em uma atividade que poderíamos fazer — diz ela quando a aula termina. — Não é observar a natureza, mas vai acontecer *na* natureza, na floresta, para ser mais precisa. Espero que esteja tudo bem para você?

Enquanto ela estiver lá, não me importo com o que fizermos. — Parece misterioso. Você pode me dizer o que é?

Ela sorri para mim triunfantemente. — Tirolesa.

Capítulo 24

Sophia

— Olá, meu nome é Levi — diz nosso "instrutor" – um garoto de cerca de quinze anos, para ser generosa. — Deixe-me repassar as instruções de segurança antes de começarmos.

Ele começa um discurso que me faz pensar se ele é o neto há muito perdido do professor Ambien.

Enquanto minha mente divaga, volto a algo que estive pensando durante toda a manhã e no caminho até aqui: o beijo que nunca aconteceu na noite passada.

Houve definitivamente decepção – e mágoa – nos olhos de Mason. Além disso, embora possa ser minha imaginação, ele está um pouco mais fechado hoje em comparação com o modo como estava no Jardim Botânico. E ele não olhou para meus seios nem uma vez.

Talvez ele tenha entendido mal ontem à noite. Não quis beijá-lo porque de repente senti o balanço do navio e fiquei com medo de que Pazuzu pudesse arrancar o jantar que eu acabara de comer. Não teve nada a ver com ele. De forma alguma. Na verdade, foi assustador o quanto eu queria beijá-lo apesar de Pazuzu... e o quanto ainda quero, mesmo na frente do nosso instrutor menor de idade e do resto dessas pessoas.

Hum. Talvez seja melhor não termos nos beijado, mesmo que tenha sido por um mal-entendido. Talvez eu deva...

— ...e use a luva para frear.

Espere. Luva? Que luva? O que mais eu perdi?

— Agora — diz a possível violação das leis do trabalho infantil —, o equipamento está aí — Ele aponta para uma fileira de arreios e capacetes.

— Ei. — Puxo a manga de Mason. — Você sabe o que fazer?

— Claro. É tipo isso. — Mason pega um arnês e o coloca sem esforço, enquanto eu faço o meu melhor para não ficar boquiaberta com o lugar em sua virilha onde o arnês criou uma protuberância que é ainda maior do que a situação normal. Em seguida, Mason pega um capacete e o coloca – o que o faz parecer muito com como no gelo.

Gostoso.

— Tudo bem. — Pego outro arnês e tento colocá-lo... só para acabar batendo nos dentes com um mosquetão e quase engasgando quando uma alça de ombro de alguma forma se transforma em um laço.

— Posso ajudar? — Levi pergunta, aparentemente falando diretamente com o mamilo de Platão, que está duro e, portanto, visível através da minha camisa, apesar do sutiã.

Obrigada, protuberância de Mason.

— Não — Mason rosna, assim que eu digo: — Sim.

A mão de Mason se fecha em punho, não ajudando em nada a situação do mamilo. Levi dá um passo para trás – uma escolha sábia.

— Se você valoriza suas mãos, nem pense em tocá-la — Mason rosna novamente.

Recentemente, Levi gerou um bolo de pomo de Adão, e sua voz fica agudamente feminina. — Sim, senhor. — Rapidamente, ele vai ajudar outra pessoa.

— Isso foi muito rude — digo. — Quem vai me ajudar agora?

Revirando os olhos, Mason se aproxima e remove o arnês do meu corpo com a mesma facilidade de quando tirou meu sutiã e calcinha na minha fantasia na noite passada.

— Deslize sua perna aqui. — Ele segura uma alça do arnês, então faço o que me foi dito. — E aqui. — Deslizo minha outra perna, o que acidentalmente faz seus dedos roçarem minha panturrilha, me fazendo tremer toda. — É isso — Ele murmura, depois aperta as alças – o que acaba fazendo duas coisas muito perceptíveis: empurra Sócrates e Platão para cima melhor do que qualquer sutiã push-up e pressiona minha virilha de tal forma que bastaria uma pequena sacudida para eu gozar.

OK, é oficial. Eu entendo por que alguém iria querer ser vítima da escravidão por corda. Ser espremido desta forma é uma experiência extremamente sensual... embora seja muito possível que a presença de Mason seja uma variável tão importante nisso quanto as tiras.

— Estão todos prontos? — Levi pergunta.

Estou pronta para muitas coisas agora, ir na tirolesa é a menor delas. Infelizmente, como escalar Mason não está nos planos, em vez disso subo em uma árvore.

Quando estamos de pé, Levi, apreensivo, coloca Mason na fila antes de gesticular para mim. — Preciso prender o mosquetão dela da mesma maneira.

— Você pode fazer isso — diz Mason magnanimamente. —, mas tome cuidado.

— Estou bem aqui — digo para ninguém em particular.

Fingindo não ouvir, Levi faz seu trabalho como se eu fosse radioativa, e então ele e Mason discutem quem deve me pegar se eu precisar ser pega na próxima árvore. Surpresa, surpresa – esse alguém será Mason.

— E quem vai pegar Mason se ele precisar ser pego? — Pergunto.

— Trent. — Levi aponta para longe. — Ele já está em posição.

Esperemos que Trent tenha idade suficiente para ter uma licença de aprendizagem.

— Trent não precisará fazer nada. — Mason estica o peito. — Eu aguento usar uma luva para frear.

Eu estreito meus olhos para ele. — Você está insinuando que eu não posso?

— Não — Levi e Mason dizem em uníssono.

— É apenas uma precaução — Acrescenta Levi.

— Porque não queremos que ninguém se machuque. — Mason olha para Levi de forma significativa.

Reviro os olhos e vejo Mason pular da plataforma, fazendo com que tudo pareça muito divertido.

Exceto que eu poderia jurar que vi alguém pegá-lo do outro lado da linha.

Huh.

Tanta coisa para essa confiança. Agora é mais importante do que nunca travar corretamente. Isso vai mostrar a ele.

— Você já pode ir? — Uma voz masculina murmura atrás de mim.

Eu me viro para ver quem falou, mas parece que ele não tem coragem porque todo mundo olha para mim sem expressão.

Que seja.

Corajosamente, salto para o vazio.

Whoosh! Avanço mais rápido do que consigo piscar, gritando de alegria, minha adrenalina subindo mais do que em qualquer montanha-russa.

A poucos metros do meu destino, lembro-me do freio, mas é tarde demais.

Nem tenho a chance de tocar o cabo com a luva antes de bater em um peito muito familiar. Um que tem um cheiro reveladoramente masculino, com um toque de pinheiros cobertos de neve.

— Te peguei — Mason murmura.

Por que me sinto tão pegajosa? Devem ser as consequências da viagem.

Além disso, enquanto eu estava voando, as tiras empurraram ainda mais minha virilha, e a proximidade de Mason está fazendo meu sangue correr para a área, o que conspira para criar uma sensação estranha, quase como se eu pudesse...

— Venha para cá — Ressoa uma voz que deve pertencer a Trent.

Huh. Trent é enorme e mais velho. Talvez este seja um negócio de família, sendo Trent o avô de Levi?

Acontece que Mason não discrimina homens mais velhos quando se trata de tentativas violentas de me impedir de seus toques. Ele diz a Trent exatamente o que disse ao seu talvez neto.

— Certo. Menos trabalho para mim — Trent resmunga. — Agora, espere até que todos se reúnam.

— Mas você pode prender o mosquetão dela — Acrescenta Mason.

Trent apenas grunhe.

O resto do grupo se reveza para aterrissar em Trent, exceto Levi, que freia habilmente – aumentando um pouco minha confiança em suas habilidades.

Então, Levi vai para o próximo local e Mason o segue – e consegue frear a tempo.

Tudo bem.

Não me importo se tiver que ignorar o aspecto divertido deste passeio. Eu *tenho* que frear.

Eu pulo.

Devo frear.

As alças empurram ainda mais fundo na área do meu biquíni, empurrando as dobras das minhas roupas contra as outras dobras, criando uma pressão no meu clitóris que...

Eu bato em Mason mais uma vez... com um gemido que rezo para que Levi confunda com dor, mas é realmente de prazer.

Um orgasmo, para ser mais precisa.

É por isso que os franceses o chamam de "a pequena morte"?

Porque eu poderia morrer de mortificação.

Capítulo 25

Mason

Parece que quando você fica com muito tesão, os sonhos molhados não são suficientes e seu cérebro começa a lhe proporcionar alucinações sensuais. Quando pego Sophia em meus braços, sua expressão se parece com seu rosto-Orgasmo – uma imagem que é o bem mais valioso guardado no cofre do meu banco de safadezas.

Falando nesse banco, fiz muitos depósitos nele hoje: desde a maneira como as tiras empurravam seus seios até...

— Você pode me soltar? — Sophia diz rouca.

Ah. Certo. Eu gentilmente nos separo. — Você está bem?

— Ah, sim — Ela respira. — Isso foi... incrível. — Por alguma razão, ela parece muito corada.

Levi limpa a garganta. — Você pode, por favor, se afastar para que o resto possa continuar?

Tradução: "Arrumem um quarto".

Nós nos movemos. Mal consigo andar porque estou duro e as malditas correias estão dolorosamente apertadas.

— Posso prendê-la? — Levi pergunta com cautela quando é a nossa vez novamente.

Maldito inferno. Cada vez que Levi lembra a Sophia que estou agindo como um namorado possessivo, seus olhos se estreitam. Se ele continuar assim, ela vai me dar um sermão... e provavelmente terá razão.

Sim. Quando ela se recusou a me beijar ontem à noite, ela deixou claro que não é "minha" em nenhum sentido da palavra, mas eu simplesmente não consigo evitar. Não suporto a ideia de outro homem tocá-la a ponto de nem gostar de saber que ela esteve com um cara no passado. Na verdade, uma parte atávica minha ficou satisfeita quando soube que ela nunca teve um relacionamento sério. Se dependesse dessa parte de mim, Sophia teria permanecido virgem até nos conhecermos, como uma debutante vitoriana.

Aff. Alguém atire em mim e me tire do sofrimento.

— Ei. — Sophia me dá uma cotovelada no peito. — Sua vez.

Ah. Certo. Eu pulo da plataforma e não consigo deixar de sorrir. Deixando de lado toda a tensão sexual, praticar tirolesa é muito divertido.

Consigo frear novamente e tomo meu lugar para esperar um momento ainda mais divertido: quando Sophia termina em meus braços.

Caralho.

Estou antecipando demais isso, especialmente considerando que ela não me quer assim. A última coisa que preciso é me tornar um verdadeiro perseguidor.

Sophia diminui o passeio super-rápido, só que desta vez ela freia e pousa graciosamente na minha frente na plataforma como uma profissional de tirolesa.

— Bom trabalho. — Não consigo evitar uma onda de orgulho, apesar da minha decepção por não ter conseguido tocá-la.

Ela me olha estranhamente. — Obrigada, Mason.

Não tenho certeza do que foi isso, mas gosto do som do meu nome em seus lábios... especialmente quando ela grita de prazer.

E lá vamos nós de novo. Minhas bolas estão além do azul agora. Acho que elas estão em território violeta. Talvez até ultravioleta. Na verdade, eu não ficaria surpreso se eles começassem a tirar raios-X de todas as imagens classificadas para adultos relacionadas a Sophia que giram na minha cabeça.

Raios XXX.

— Movam-se — Trent resmunga.

Ah. Certo. Damos um passo para o lado para permitir que as outras pessoas desçam, mas o ar entre mim e Sophia parece carregado... ou assim minha imaginação me faz pensar.

— Este é o último salto. — Ela aponta para o cabo que estamos prestes a passar. — É muito cedo para dizer que esta excursão não foi um fracasso?

— Não. — Pelo menos meu cérebro pensa assim.

Meu pau pode considerar essa falta de foda uma merda.

— Então por que você não me conta...

— Movam-se — diz algum cara.

Olho por cima do ombro, mas ninguém leva o crédito por falar, uma jogada inteligente.

Eu me viro para encará-la. — Desculpe, Joaninha. Teremos que continuar isso em terra firme.

Com isso, eu pulo – e mais uma vez, um sorriso aparece em meu rosto enquanto o vento atinge minhas bochechas.

Eles claramente deixaram o melhor para o final.

Esta parte tem a melhor descida.

Na verdade, quase me esqueço de frear, mas a perspectiva de acabar no abraço do espírito adolescente de Levi é um grande motivador, então, faço o que é necessário e caio na plataforma com apenas um pequeno passo em falso.

Por sua vez, Sophia consegue outra aterrissagem perfeita, e pode ser por isso que eu quero *pegá-la* ainda mais.

— Desembucha — Ela ofega.

Eu balanço minha cabeça. — Precisamos chegar ao chão. Se algum de nós quebrar um braço no caminho, isso será considerado um fracasso, afinal.

Ela faz beicinho, mas me deixa em paz até estarmos em segurança no chão.

— Tudo bem — diz ela. — Me fala agora, ou então.

Eu suspiro. — Certo. Aqui vai. Lembra quando eu

disse à sua amiga Abigail que poderia passar o currículo dela para alguém na Octothorpe?

Os calorosos olhos castanhos de Sophia se arregalam a níveis quase cômicos.

— Ela conseguiu uma entrevista?

Eu concordo. — Além disso, tenho certeza de que as chances dela são sólidas.

O que Landon realmente disse foi: "A menos que o RH encontre fotos dela injetando heroína nos olhos, ou ela cague na mesa de um dos entrevistadores, ela tem o emprego garantido", mas não quero tirar as esperanças de Sophia no caso de Abigail encontrar uma maneira menos espetacular de estragar esta oportunidade.

— Quando é a entrevista? — Pergunta Sophia.

— Ela teve sua primeira rodada ontem — digo. — Mas ela ainda tem muito mais rodadas pela frente.

Os olhos de Sophia vão de arregalados a estreitos. — Você segurou algo tão grande esse tempo todo?

— Era apenas um segredo exclusivo no dia em que embarcamos — digo. — Eu queria usá-lo para ganhar alguma boa vontade para que você ficasse para jantar. Abigail teria contado a você sobre isso no dia seguinte se não fosse por seu detox digital.

Agora os olhos de Sophia são apenas fendas. — Isso é muito manipulador.

Eu inclino minha cabeça. — Você preferiria que eu não tivesse repassado o currículo dela?

— Prefiro que você faça isso pela bondade do seu coração, não apenas para conseguir algo de mim.

Arqueio uma sobrancelha. A verdade é que eu teria feito isso, de qualquer maneira, mas se eu contar isso a ela agora, ela não vai acreditar em mim, ou vai chamar isso de mais uma tentativa de manipulação. Por alguma razão, ela pensa o pior de mim, e eu odeio isso.

— OK, tudo bem — diz ela secamente. — Você ganhou.

Minha outra sobrancelha se levanta. — Ganhei o quê?

Meu pau se contrai, como se não estivesse claro o que ele espera que ela diga.

— Podemos jantar juntos quando voltarmos ao navio — diz ela magnanimamente.

Não pedi isso, mas estou mais do que feliz em aceitar. — Claro. Eu adoraria jantar com você esta noite. E todos os jantares depois disso.

— Ah, e... obrigada. — Sophia se aproxima de mim e umedece os lábios. — Quaisquer que sejam seus motivos, conseguir aquela entrevista para Abigail foi enorme.

Não consigo desviar o olhar dos lábios dela. — De nada.

Ela diminui a distância entre nós. — Você pode me ajudar a sair dessa roupa?

Faço o que ela pediu, tirando as tiras do arnês uma por uma.

Caralho.

Quem diria que retirar o equipamento de segurança poderia ser tão excitante? Dado o quão duro eu estou, você pensaria que essas alças eram roupas íntimas rendadas.

— Deixe-me ajudá-lo também — Ela canta depois que eu a ajudo a remover o capacete, como se ela não pudesse fazer uma coisa tão básica sozinha.

Me ajudar?

Espere um...

Sim.

Ela cai de joelhos, sua boca a centímetros de meu pau latejante. Ela libera minha perna direita, depois a esquerda – e é uma maravilha que eu seja capaz de permanecer de pé, porque não acho que tenha sobrado sangue em qualquer lugar, exceto no meu pau.

— Agora, seus ombros. — A voz dela está estranhamente sensual, provavelmente devido às minhas alucinações impulsionadas pela libido. — Senta.

Eu planto minha bunda em um tronco próximo, onde ela se junta a mim e me ajuda a desfazer o resto do equipamento. Ela tira meu capacete por último, e seu rosto fica a poucos centímetros do meu, seus lábios a poucos centímetros de distância.

Lábios carnudos.

Lábios suculentos e tentadores que...

De repente, os lábios que tanto admiro fixam-se nos meus.

Foda-me. Não tenho ideia se fui eu que iniciei isso ou ela. Tudo que sei é que é o melhor beijo da minha vida – e o mais importante, em vez de me afastar, ela participa do beijo com entusiasmo.

— Apenas peguem um quarto. — Trent olha furioso de algum lugar próximo.

Eu suprimo a vontade de bater no velho até transformá-lo em uma polpa sangrenta. Na verdade, ele tem razão.

Sophia e eu juntos em um quarto é a melhor ideia que já ouvi.

Capítulo 26

Sophia

Quando me arrasto para longe de Mason, vejo que todos que estavam conosco na tirolesa – desde o jovem-demais-para-ver-Levi até o talvez avô – estão olhando para nós dois como se fôssemos chimpanzés se masturbando no zoológico.

Eu pulo de pé. — Vamos. — Se eu tiver sorte, nunca mais verei nenhuma dessas pessoas.

Assentindo, Mason se levanta e me leva até nossa carona, seu andar está um pouco estranho.

Na volta e durante o jantar, fingimos que o beijo ardente não aconteceu, o que é bom, porque provavelmente não deveria ter acontecido, por melhor que tenha sido na hora. Em vez disso, a conversa continua no sentido de nos conhecermos, e não posso deixar de ficar ávida por cada pedaço de informação que ele transmite, como o fato de que ele foi recrutado para o hóquei na idade avançada de cinco. Também não consigo resistir quando ele fala apaixonadamente sobre o *Planeta Terra*, seu documentário favorito sobre a natureza.

— Tenho uma confissão a fazer — diz ele quando a sobremesa infelizmente acaba. — Arranjei uma surpresa para você esta noite, mas se você não...

— Eu quero. — Isso foi muito ousado?

— Bom — diz ele. — Quanto você calça?

Eu pisco para ele. Achei que ele estava falando do Uber enrolado em um laço, mas o que isso teria a ver com o tamanho do meu sapato? A menos que... Mason tenha fetiche por pés? Ele não parecia ter isso no Dia F, mas isso não significa nada.

— Tamanho trinta e sete. — Espero que seja pequeno (ou grande?) O suficiente para deixá-lo de bom humor.

— Obrigado. — Ele manda uma mensagem para alguém, e só posso presumir que seja o número.

OK. Há todas as possibilidades de que a surpresa não esteja acontecendo no quarto de Mason.

Com minha curiosidade excessivamente zelosa despertada, eu o sigo pelo navio até o elevador, que nos leva ao convés três.

Hum. Lembro-me vagamente de uma menção a alguma atração legal neste deck. Mas eu não posso...

Uma brisa fresca e uma placa dizendo "Pista de patinação no gelo" me dão uma pista exatamente quando minha memória estava prestes a fazê-lo.

— Vamos patinar no gelo? — digo, sem me preocupar em esconder a excitação na minha voz.

— Eu deveria ter vendado você — Mason diz mal-humorado.

Sim. Isso teria sido muito sexy.

Ele abre as grandes portas à nossa frente, expondo uma sala gigante coberta de gelo. — Como você adivinhou, a surpresa é que vamos patinar.

Eu arrasto minha mente para fora da sarjeta. — Eu não sei patinar. — É por isso que meu coração está batendo tão forte?

Mason sorri. — Foi o que pensei, é por isso que pretendo ensinar a você.

— Me ensinar? — Dou um passo hesitante em direção ao gelo. Por alguma razão, acho a ideia de ele ensinar tão fascinante quanto a venda nos olhos.

— Não se preocupe — diz ele. — Você está segura comigo.

Eu engulo, minha garganta estranhamente seca. — OK.

Reunindo minha coragem, entro na sala fria e vejo um monte de equipamentos que Mason deve ter mandado alguém preparar para nós. São dois pares de patins, um capacete, um par de luvas, calças grossas para neve e cotoveleiras e joelheiras. Por último, mas não menos importante, há um aparelho que se parece com um andador que uma pessoa idosa pode usar após uma cirurgia de substituição do quadril.

Torço o nariz para o equipamento de segurança. — Você realmente não tinha muita confiança nas minhas habilidades de patinação, hein?

Mason escorrega facilmente nos patins. — Eu não

quero que você se machuque. — Ele pega os patins menores. — Agora, vamos colocar isso.

Coloquei a calça para neve primeiro porque duvido que consiga entrar nelas com patins, depois sentei no banco e dei meus pés a Mason conforme sua exigência. Dado o cuidado gentil com que ele calça os patins, a ideia do fetiche por pés ressurge, só que parece que sou eu quem o tem, porque gosto muito quando seus dedos fortes roçam meus arcos.

Ele então coloca um capacete na minha cabeça pela segunda vez hoje – e eu quase o beijo de novo. No entanto, quando se trata de joelheiras e cotoveleiras, insisto em cuidar delas sozinha, principalmente porque acho que não conseguirei me controlar por muito mais tempo – e estamos em público, mesmo que não haja ninguém por perto.

— Perfeito. — Ele me olha com aprovação. — Vamos começar com você em pé, ficando confortável com os patins.

Entro no rinque e faço o que ele diz, mesmo que a maneira como ele segura minha mão faça meu cérebro virar uma bagunça – e isso apesar das luvas.

Assim que estou mais ou menos ajustada à sensação dos patins, ele traz o andador e eu o uso para equilibrar um pouco, ficando mais confortável a cada minuto.

— Acho que posso ficar sem ele — digo depois de algum tempo.

— OK. — Ele desliza até mim com a graça de um patinador artístico. — Segure minha mão.

Afasto o andador e agarro sua mão com toda a

força. Começamos a nos mover sobre o gelo, e parece surrealmente como dançar, especialmente quando ele segura minhas duas mãos e me gira em círculos.

— Deixe-me tentar isso sozinha — digo depois de mais alguns minutos.

— Não tenho certeza se você está pronta — diz ele.

Devo dizer a ele que seu toque é muito inebriante e que eu poderia estar mais segura sozinha? Não. Em vez disso, apenas dou a ele meus melhores olhos de cachorrinho.

— Eu posso fazer isso. Por favor.

Ele cuidadosamente solta minhas mãos. — Vai devagar. Tome cuidado.

— Claro — digo... e então, num piscar de olhos, sem qualquer aviso, caio de cara no gelo.

Whoosh. Graças a todo o acolchoamento, tudo que sinto é o vento saindo de mim. Então, braços fortes me seguram e sinto que estou sendo carregada para algum lugar.

No momento em que recupero o juízo, estamos no elevador, comigo firmemente agarrada ao peito de Mason.

— Aonde estamos indo? — Murmuro.

— Meu quarto — diz ele. — Eu tenho alguns primeiros socorros lá. Você ralou o queixo.

Huh. Meu queixo está um pouco dolorido. Mas, ei, fora isso, não sinto nenhuma dor, embora não tenha certeza se é porque não me machuquei de verdade ou por causa de todas as endorfinas que inundam meu corpo graças ao toque dele.

O elevador para e Mason dá longos passos em direção ao seu destino.

Quando estamos em sua suíte, Mason me leva até a cama gigante e me joga sobre ela, olhando para meu queixo como um cirurgião cardíaco espiaria uma cavidade torácica aberta.

— Como você está se sentindo? — Ele pergunta.

Tão excitada que eu poderia gozar, mas não posso dizer *isso* a ele. — Não há dor — digo. — Senti um pouco de dor no início, mas até isso passou. — Ou ensurdecida pelos picos de hormônios do tamanho de um tsunami.

— Vou desinfetá-lo — diz ele. — Posso deixar você sozinha por um segundo?

— Como eu disse, estou bem. — Inferno, eu quero um pouco de dor... mas não no meu queixo.

Ele me deixa com relutância, como se estivesse preocupado com a possibilidade de eu estar fazendo cara de corajosa e ainda poder me quebrar em pedacinhos assim que sair de sua vista. Quando ele finalmente vai embora, corro para me livrar do equipamento volumoso e idiota, começando pelas cotoveleiras e joelheiras. Eu também arrumo meu cabelo tanto quanto o espelho próximo permite – e então me pergunto como seria divertido vê-lo me fodendo neste espelho, que está claramente aqui para esse propósito explícito.

Eu coro só de pensar, e é aí que ele volta, é claro. Caminhando até mim, ele se senta na cama e levanta suavemente meu queixo com o dedo.

Oh, rapaz.

Ele enxuga o dodói imaginário com um algodão embebido em álcool e sopra ternamente no meu queixo.

Pela barba de Odin, seus lábios estão tentadoramente franzidos e muito próximos de mim. Incapaz de me conter, inclino-me na direção deles, como uma mariposa safada em direção a uma chama em forma de pau.

A respiração de Mason fica presa quando ele percebe o que estou fazendo. Inclinando-se também, ele me encontra com um beijo que começa gentil, mas rapidamente se transforma em tudo, menos isso. Nossas línguas se entrelaçam, e o beijo começa a me lembrar de seu jogo de hóquei: feroz, ousado e quente.

Estou ofegante, minha cabeça, girando, quando ele de alguma forma consegue se afastar.

— Você está bem? — Ele pergunta, sua voz baixa e áspera.

— Eu quero tirar meus patins. — Ou então as manchetes poderiam ser: "Proprietária corta braço do melhor jogador do time enquanto se diverte com ele".

Ele balança a cabeça e seu rosto desenvolve uma expressão de forte concentração, como se ele estivesse exercendo muito controle sobre seus instintos mais básicos. Ele tira meu calçado, seguido por minhas meias. E, então, como se tivesse desenvolvido poderes psíquicos, ele começa a massagear meus pés, começando pelo arco e passando para cada dedo, seu hálito quente fazendo parecer que ele também os está lambendo – ou talvez esteja. Estou muito feliz para ter certeza.

Então, sim, eu definitivamente gosto de coisas com os pés, e talvez ele também. Não importa o quão excitada eu pensei que estava antes, não era nada comparado a como me sinto agora. Quero despi-lo e fazer com que seus lábios chupem os mamilos de Platão e Sócrates. Eu quero que ele me encha com seu...

Em outro momento psíquico, Mason começa a se despir para mim.

— Sim — Suspiro. — Tire tudo.

Eu claramente deixei isso muito vago. Eu queria que ele ficasse nu, mas em vez disso ele me tira a roupa – e só depois disso ele solta Uber.

— Vamos fazer isso? — Suas palavras são quase guturais, e novamente tenho a sensação de que fazer uma pausa para fazer perguntas está lhe custando muito autocontrole.

Por sua vez, Uber parece piscar arrogantemente para mim, como se estivesse dizendo: "Todos nós sabemos que você me quer".

Umedeço meus lábios. — Você conhece o slogan da Cidade do Pecado?

Mason me encara como um lobo olha para um coelho recém-nascido. — O que acontece em Vegas, fica em Vegas?

Eu me aproximo dele na cama. — Este cruzeiro é a nossa Vegas.

Seu olhar fica nublado. — Seus olhos me lembram chocolate quente. Eu já te contei isso?

— Você não está olhando nos meus olhos. — Eu circulo meu dedo ao redor do meu mamilo tenso, que é o foco atual do seu olhar. — Além disso, pensei que você não comesse chocolate. Que quando você deseja algo assim, você realmente quer frutas.

— Você esquece — Ele rosna. — Eu como muito chocolate amargo. Você até achou obsceno eu colocar isso nas minhas saladas.

— Ah, certo. — Esqueci totalmente. Mas, em minha defesa, estou cara a cara com Uber, então meu cérebro está funcionando com fumaça de estrogênio. — Acho que aceito seu elogio. — Mesmo que isso me faça pensar em preparar uma salada – quero dizer, o ato sexual.

— Falando em coisas deliciosas que eu quero comer, deite-se — Ele ordena rispidamente.

Oh, meu Deus.

Faço o que me manda, e ele traça um caminho pelo meu corpo com a língua, começando pelo pé direito, passando pela panturrilha e joelho, até onde estou tremendo de necessidade.

Ele beija minhas dobras primeiro, enviando um arrepio de prazer por todas as minhas terminações nervosas. Então, seus beijos ficam mais profundos e ferozes, me fazendo gemer.

— Delicioso — Ele respira direto na minha carne. Então, ele dá uma lambida luxuosa no meu clitóris, seguida por outra, e outra e outra, até que uma pressão agonizantemente doce envolve meu núcleo, deixando-me ofegante e torcendo em desespero.

— Isso mesmo — Ele grunhe. — Goze para mim.

Sempre. Manchas brancas dançam em minha visão, e meus dedos bem massageados se curvam espasmodicamente enquanto gozo em sua língua inteligente.

— Bom trabalho — Ele murmura antes de deslizar a língua para baixo, passando pelo meu períneo, e então, em mais uma façanha de poderes psíquicos, ele me dá uma lambida onde o sol nunca brilha.

Um arrepio percorre meu corpo e eu fico toda vermelha. Isso é constrangedor de uma forma estranhamente quente. Sinto cócegas, mas é bom, especialmente quando ele aperta minha bunda e me manda relaxar.

Relaxar? Como posso fazer isso quando ele está chupando o dedo e depois pressionando esse dedo contra a abertura apertada da minha bunda? Lentamente, ele desliza para dentro, e a sensação é intensa, o alongamento, um pouco doloroso – mas, novamente, de uma forma estranhamente sensual.

Mais estranho ainda, quando o dedo desaparece, sinto falta dele.

— Agora — Ele murmura. —, eu quero você por trás.

Oh. Tenho certeza de que ele se refere à minha boceta. De qualquer forma... — Achei que você nunca fosse pedir. — Com os membros um pouco bambos, fico de quatro e observo no espelho enquanto ele se posiciona atrás de mim, mais duro e mais grosso do que eu já vi.

— Cuidado — Suspiro enquanto o vejo colocar uma camisinha. — Você é muito grande.

— Claro — diz ele suavemente, e então ele entra em mim (sim, minha boceta) lenta e suavemente, deixando meus músculos se ajustarem enquanto ele vai. No espelho, seu rosto parece atormentado, como se fosse necessário um esforço hercúleo de vontade para exalar tal controle. Então, quase provocativamente, ele puxa Uber.

Não, eu quero...

Ele desliza lentamente de volta, e entra tão suavemente quanto uma panna cotta em minha boca, graças à umidade abundante que estou produzindo.

— Mais rápido — Eu me choco ao dizer. — Mais duro. Mais fundo.

Grunhindo algo ininteligível, ele atende às minhas exigências, investindo em mim como um homem possuído.

Meus gemidos crescem em intensidade e desespero.

— Goza — Ele ordena quando estou fazendo isso, de qualquer maneira.

Com um grito, aperto Uber e mal fico de quatro depois.

— De novo — Ele grunhe avidamente.

Ficar de quatro é o melhor que posso fazer em termos de respostas, mas ele me ajuda, de qualquer maneira, agarrando-se a Sócrates antes de investir em mim com vigor renovado.

Meus olhos reviram na minha cabeça. Um novo

orgasmo se desenvolve em meu âmago, mas parece distante, quase fora de...

Seu dedo retorna para onde estava na minha bunda, criando uma sensação avassaladora que me dá uma explosão explosiva de prazer – uma que me deixa quase rouca por causa de todos os gemidos e gritos.

— Mais uma vez — Ele rosna. — Você consegue.

Se eu pudesse falar, diria a ele que não compartilho de sua confiança — mas então sinto que ele solta Sócrates e agarra um punhado do meu cabelo.

Ah, caralho. Percebendo que meus olhos estão fechados, eu os abro e olho para o espelho.

Sim! Ele está agarrando meu cabelo com um punho forte e cheio de veias, e vê-lo é como aplicar um vibrador poderoso até meu clitóris supersensível.

Eu gozo, gritando seu nome.

Enquanto me aperto em Uber pela última vez, Mason grunhe de prazer e sinto sua liberação, o que me faz ter um espasmo novamente em um tremor fraco.

Ofegante, caio na cama, incapaz de mover um único músculo. Vagamente, percebo Mason me limpando e depois se enrolando em mim como um cobertor de um bilhão de dólares.

— Legal — Murmuro.

Ele bufa. — Simplesmente legal?

— Oh, o sexo foi divino. — Eu bocejo. — Eu quis dizer que a conchinha é legal.

— Ah. — Ele beija minha nuca. — Eu estava prestes a exigir uma revanche.

— Isso podemos discutir amanhã — digo com outro bocejo. — Desde que você se lembre de 'o que acontece no cruzeiro...'

— '... permanece no cruzeiro' — diz ele, seu tom difícil de decifrar.

— Isso mesmo. — Eu me aconchego nele. — Agora, eu vou dormir.

E, assim, apago.

Capítulo 27

Mason

É assim que quero acordar de agora em diante: com Sophia nos braços.

O que acontece no cruzeiro fica no cruzeiro.

Não é provável. Não se eu tiver algo a dizer sobre isso.

Eu a atraio para mais perto.

É oficial. Minha nova missão é: garantir que essa coisa entre nós – seja lá o que for – continue depois do cruzeiro.

Eu só preciso de uma estratégia, como faria em um jogo.

Sim. Para começar, chega de falar em comprar o time. Em vez disso, posso me oferecer para ajudá-la a administrá-lo... embora ela possa ficar ofendida com isso. Talvez em vez disso eu pudesse...

— 'Dia. — Ela abre um olho. — Eu ronquei?

— Não. — Sorrio para seu rosto sonolento. — Você estava quieta, como uma joaninha hibernando.

Ela abre os dois olhos. — Elas hibernam?

— No inverno. Elas não comem enquanto hibernam, mas se o tempo ficar ainda mais frio, podem sair para fazer um lanche.

— Uma ótima ideia. — Ela se desvencilha do meu abraço e se senta antes de tirar os pés da cama. — Estou morrendo de fome.

Deliciosamente nua, ela vai direto para o banheiro. Levo um momento para acalmar meu pau instantaneamente atento e então faço uma ligação para garantir que seus sapatos e outros itens sejam devolvidos da pista de gelo.

Quando ela sai do banheiro, tristemente envolta em um roupão, não fico surpreso ao saber que ela quer passar em sua própria suíte.

— Seus sapatos estarão do lado de fora da porta — digo a ela.

Ela lança um olhar para seus pés descalços. — Ah. Certo. Obrigada.

Eu aceno os agradecimentos. — Em qual restaurante vamos tomar café da manhã?

— O de sempre — diz ela, sem questionar a parte do "nós". — Estou morrendo de vontade de saber mais fatos sobre joaninhas.

Não tenho certeza se ela está brincando ou não, mas assim que nos encontramos, conto a ela o que consigo lembrar do documentário sobre besouros que assisti. Fatos fascinantes como: joaninhas sangram pelos joelhos quando ameaçadas, e suas larvas parecem micro jacarés, e têm garras que as ajudam a sentar nas superfícies, e o fato mais assustador de tudo: elas põem ovos extras como lanche para seus filhotes.

— Ah, e elas têm um substantivo coletivo adorável — digo para concluir.

— Elas têm?

— Sim. Um grupo delas é chamado de beldade de joaninhas. — O que é apropriado, considerando o quão adorável é a joaninha na minha frente.

— E isso é tudo? — Ela pergunta.

— Sim.

Sophia estreita os olhos. — Como é que você não me disse que elas têm um gosto ruim? Ou que a sua coloração é um aviso desse fato? Essas são as únicas coisas que eu sabia sobre joaninhas até hoje.

Dou de ombros. — Só provei uma joaninha até agora e ela era deliciosa.

Previsivelmente, seu rosto fica vermelho até um tom não muito diferente do tom brilhante de uma joaninha. Acho que pode ser demais contar a ela outra verdade: independentemente de sua cor, ela não precisa mais se preocupar com predadores – não enquanto eu ainda estiver respirando.

Ela sorve seu macchiato. — Então... o que vamos fazer hoje?

— Que tal experimentarmos o simulador de surf depois disso? — Ofereço, mantendo uma expressão impassível para esconder o fato de que o "nós" dela me faz querer levantar o punho no ar.

Ela inclina a cabeça. — Você surfa?

— Não, mas aprendo rápido.

———

Acontece que Sophia aprende muito mais rápido do que eu – pelo menos se considerarmos o número de vezes que cada um de nós desaparece no simulador. Em minha defesa, metade das minhas quedas aconteceu porque me distraí olhando para ela de maiô.

— Você patina no gelo tão bem que pensei que seria bom em atividades de equilíbrio em geral — diz ela enquanto esperamos na fila para voltar a surfar.

Ela está se referindo à cambalhota que dei acidentalmente durante o tombo número cinquenta e sete.

— Tenho certeza de que poderia dominar o surf se quisesse — digo com uma confiança que não sinto.

Ela balança a cabeça. — Eu ficaria com o hóquei se fosse você. É nisso que você é bom.

Inclino-me para sussurrar em seu ouvido: — Tem certeza de que não consegue pensar em outra coisa em que eu seja bom?

Exatamente como eu pretendia, Sophia cora mais uma vez.

———

Nos próximos dias, somos inseparáveis. Juntos, mergulhamos em gaiolas com tubarões, fazemos passeios históricos, andamos de bonde elétrico e praticamos mergulho com snorkel. Durante as refeições e nos deslocamentos para essas excursões, aprendemos mais um sobre o outro – e não importa o quanto eu aprenda sobre ela, nunca é suficiente.

Claro, o ponto alto de cada dia acontece na minha suíte, onde exploramos minuciosamente o corpo um do outro, aprendendo o que o outro gosta e o que não gosta. Ah, e não estou contando pontos nem nada, mas tenho certeza de que fiz Sophia gozar três vezes em cada um dos meus orgasmos.

Quando chegamos à Jamaica, quase quebramos o pescoço ao escalar uma cachoeira de duzentos metros de altura. Depois, uma das guias turísticos se oferece para nos vender um pouco de maconha.

— Podemos? — Sophia olha para mim suplicante.

— Por quê? — Estreito os olhos para a guia. — Não podemos levar para o navio.

A guia abre seu sorriso excessivamente cheio de dentes. — Eu poderia simplesmente vender alguns baseados para você fumar antes de voltar.

Eu franzo a testa. — Eu não uso drogas.

— Já tivemos essa conversa — diz Sophia. — Você bebe e o álcool é uma droga.

— Que tal apenas um baseado? — A guia sugere.

Sophia tira uma nota encharcada do bolso. — Isso vai cobrir tudo?

Com os olhos brilhando de avareza, a guia arranca a nota antes que eu possa ver qual é o valor. — Isso vai servir — diz ela. — E – para meu novo cliente favorito – aqui está um bônus. — Ela tira um isqueiro de plástico barato da bolsa e dá para Sophia junto com o baseado. — Eu recomendo que você fume lá. — Ela aponta para um local perto da água. — A vista é bonita e vou garantir que ninguém incomode você.

Sophia me dá uma cotovelada desafiadora. — Você irá comigo ou tem muito medo de ficar alto por tabela?

— Eu vou — digo. — Mas isso não significa que eu aprove isso.

— Anotado — diz Sophia, e baixinho ela murmura algo que soa como "dedo-duro".

Quando chegamos ao canto isolado, tenho que admitir que a vista aqui *é* linda... pelo menos até Sophia acender seu baseado e soltar uma nuvem de fumaça que obscurece a vista.

— Isso não destrói as células cerebrais? — Pergunto a ela.

Ela tosse. — O álcool também. Agora você pode, por favor, parar de ser um desmancha-prazeres?

Eu suspiro. Estranhamente, a droga tem um cheiro agradável. Muito herbáceo, o que faz sentido, mas também terroso e com notas de limão ou maçã, embora possa muito bem ser o shampoo de Sophia. Além disso, a maneira como os lábios dela envolvem isso...

— É assim que é a pressão dos colegas? — Resmungo em voz alta. Porque uma parte de mim quer tentar algo estúpido. Embora ela seja muito jovem para ser uma colega.

Ela estava no jardim de infância quando eu estava sob pressão real dos colegas no Ensino Médio.

Ela arqueia uma sobrancelha. — Isso significa que você quer dar uma tragada? Garanto a você, o potencial de dependência é...

— Deixe-me adivinhar, 'menos que o álcool' — digo.

Ela assente.

— Certo. — Estendo minha mão. — Passa pra cá.

Pego o baseado, fumo um pouco e solto.

Ela estreita os olhos. — Você não inalou.

Eu franzo a testa. — Não?

Ela inclina a cabeça. — Você nunca fumou nada antes?

— Não. Eu sou um maldito atleta. Por que eu deveria?

Ela pega o baseado de volta. — Faça assim. — Ela inspira tanto ar que seu estômago se expande.

— Entendi. — Retiro o baseado e faço o que ela sugeriu... e começo a tossir como se tivesse tuberculose, bronquite e pneumonia, tudo ao mesmo tempo.

— Isso foi demais — diz Sophia quando consigo respirar novamente. — Faça mais assim. — Ela pega o baseado, e seu amplo peito sobe e desce, deixando meu pau duro mais uma vez.

Quando ela me entrega o baseado, inspiro mais devagar e com mais cuidado, mas tusso mais uma vez.

— Você já meditou? — Ela questiona.

Eu concordo.

— Respire assim. — Enquanto ela demonstra, seus seios balançam para cima e para baixo mais uma vez, enviando o resto do meu sangue para o meu pau já latejante.

Inspiro meditativamente, mas o ataque de tosse que se segue é ainda pior.

Ela revira os olhos. — Que tal eu atirar em você?

— Você o que em mim?

— É quando eu expiro a fumaça em sua boca enquanto você inala. — Ela dá uma tragada e fica na ponta dos pés, como se estivéssemos prestes a nos beijar.

Foda-se.

Nossos lábios se fecham e ela faz o que descreveu. Ao inalar seu hálito cheio de fumaça, percebo que sua afirmação sobre a falta de dependência da maconha é uma besteira.

Se fosse entregue assim o tempo todo, eu seria um maconheiro para sempre.

— De novo? — Ela pergunta depois que se afasta.

Eu concordo.

Ela faz aquela coisa de atirar, de novo e de novo, até que o baseado acabe... e é quando percebo que uma salsicha roxa invisível está voando em volta da minha cabeça e cantando "Parabéns pra você" em estoniano.

Espere, o quê?

Isso não faz sentido.

Hoje não é meu aniversário.

Capítulo 28

Sophia

Uau. Os olhos de Mason ficam vermelhos e lacrimejantes, e suas pupilas dilatam.

Huh.

— Você sabe o que aconteceria se fosse um professor que alimentasse demais seus alunos com palitos fritos de manteiga? — Pergunto.

— Eles não comeriam as salsichas voadoras? — Mason gesticula para o vazio.

— Não. — Mas uma linguiça defumada parece muito boa. — Suas pupilas dilatariam.

Hum. Palitos de manteiga fritos também parecem deliciosos de repente.

Ah. Certo. Apesar da minha alta tolerância, estou alta como uma pipa feita de cannabis.

Ha-ha. Minha altura está alta. Isso é hilário.

— Quero nadar com golfinhos — diz Mason, com os olhos brilhando de excitação. — Ou peixes-boi. Ou girafas.

Eu sorrio. Mesmo quando seu cérebro está confuso com o THC, ele quer um show da natureza. — Vamos ver se conseguimos fazer com que isso aconteça. — Agarro sua mão e o levo embora.

Não tenho certeza se é a maconha ou a textura áspera e calejada da palma da mão dele, mas meu desejo sexual aumenta quando nos encontramos em um táxi.

O desejo sexual está escalonando. Estou numa onda.

Eu rio alto.

Parece que Mason também não está imune ao meu toque, porque em resposta à minha risada, ele me dá o beijo da minha vida, que dura para sempre.

Ofegantes, nos separamos quando o táxi para em frente ao restaurante dos golfinhos.

Oh. Um *baseadinho* de golfinhos.

Eu bufo e rio da minha própria inteligência.

Mason está alheio. Olhando para meus lábios, ele pergunta com voz rouca: — Podemos pegar um pouco de *taranka*?

Eu pisco para ele. — Tarântula?

De jeito nenhum vou nadar com uma dessas. Ou beijar uma.

Pensando bem, eu nem fumaria um baseado com uma.

Mason franze a testa. — Tarântula? Elas não são salgadas.

Estou ficando preocupada. — Salgada?

— *Taranka* — diz ele. — É uma espécie de barata.

Eu estremeço. — Isso é ainda pior.

Ele inclina a cabeça. — É? Você as pega, salga e deixa secar ao ar. Elas são o melhor petisco para cerveja.

Quase vomito. — Baratas como lanche?

Talvez Mason estivesse certo em não querer fumar maconha comigo. Há petiscos e, depois, isso.

— Roach, peixe-barata — diz Mason novamente. — É um tipo de peixe. *Rutilus heckelii*.

Oh. — Você quer carne seca de peixe?

Ele concorda.

Isso não parece uma má ideia. — Vamos verificar aquela loja.

Eu o levo até uma loja, mas a coisa mais próxima que encontramos do que ele deseja é algo chamado *Jamaican Jerk*, uma marca de batatas fritas.

Então, novamente, quem diria que as batatas poderiam ser um bom substituto para uma barata... quero dizer, um peixe. Mason devora seu pacote com tanto entusiasmo que sinto um pouco de ciúme. Mas então, quando mordo meu lanche escolhido – bolinhas de tamarindo – esqueço onde estou porque são muito boas.

Consumimos tudo o que compramos e voltamos para invadir a loja para comprar mais.

Depois de mais alguns lanches, consigo me lembrar do motivo pelo qual estamos aqui e arrasto Mason até o aquário.

À medida que nos preparamos, aprecio a visão do torso nu de Mason, mas depois, infelizmente, ele o cobre com um dispositivo de flutuação. Logo estamos na água e cara a cara com um grupo de golfinhos.

Meu batimento cardíaco acelera quando uma expressão de admiração infantil surge no rosto de Mason e, por alguma estranha razão, imagino um garotinho com as minhas feições e as de Mason usando exatamente essa expressão.

Não. Espere. Isso é uma loucura e um ótimo motivo para dizer não às drogas de agora em diante.

— Você realmente pode? — Mason diz para o golfinho mais sorridente.

— Ele pode o quê? — Pergunto.

Mason se vira em minha direção. — Flop, aqui, pode ler meus pensamentos. — Voltando-se para seu novo amigo, ele acrescenta: — E eu, o dele.

Uau. Ele pode mesmo?

Não. Essa é a erva falando... eu acho.

Flop me lança um olhar semicerrado e gorjeia, como se dissesse: "Vadia, você duvida dos meus poderosos poderes?"

— Beije o nariz dele — diz o guia da excursão a Mason. — E eu vou tirar uma foto.

Mason beija Flop com reverência – se é que esse é realmente o nome dele – e sinto o ciúme mais verde da minha vida.

Flop gorjeia animadamente, o bastardo sorridente.

— Agora você — O guia me diz.

Aponto para um golfinho diferente. — Posso beijá-la?

— É ele — diz o guia. —, mas vá em frente.

— Não — Afirma Mason. — O único homem que ela pode beijar sou eu.

Virando os olhos, pergunto qual golfinho é fêmea e dou um beijo em seu focinho molhado e borrachudo para a câmera.

— Como foi isso? — Pergunto a Mason sarcasticamente. — Você sentiu como se estivesse assistindo duas garotas transando?

Mason parece muito preocupado com sua conexão telepática com Flop, então, ele não responde por um minuto ou mais. Então ele rosna: — Não, Flop, você não pode comer meu gato.

Flop canta algo com entusiasmo.

A mão de Mason fecha o punho, o que faz minhas regiões inferiores tremerem.

— Se você mencionar meu gato de novo — Rosna o dono do punho —, vou tirar esse sorriso presunçoso do seu rosto com suas guelras. E sim, eu sei que você não tem guelras.

— E essa é a nossa deixa para seguir em frente. — Agarro o dispositivo de flutuação de Mason e o arrasto até os degraus da piscina, antes que as autoridades competentes se envolvam.

Quando entramos no táxi, Mason olha em volta com uma expressão preocupada.

— Como é que todo mundo sabe que eu usei drogas?

Devo dizer a ele que conversar com golfinhos pode ser uma pequena pista? — Você está apenas sendo paranoico — digo em vez disso.

— Não — diz ele. — *Eles* sabem.

A maneira como ele diz isso me faz pensar em teóricos da conspiração.

Tudo bem. Eu tenho que ajudar Mason. De alguma forma.

Olho em volta freneticamente antes de decidir por uma possível solução.

— Senhor — digo ao motorista. —, posso pegar isso emprestado? — Aponto para os fones de ouvido no painel.

— Cinco dólares e eles são seus — diz o motorista.

Pago o honorário ao taxista empreendedor antes de colocar os fones de ouvido nos ouvidos de Mason. Conecto-os ao telefone dele e eu libero Pink Floyd nos ouvidos.

Como esperado, as feições de Mason relaxam, assumindo uma expressão de êxtase.

No meio do passeio, sem abrir os olhos, ele diz: — Estou me divertindo muito com você.

Comigo? Pink Floyd? Ou ele restabeleceu sua conexão telepática com Flop?

De qualquer forma, as palavras fazem uma linda joaninha bater as asas na minha barriga. — Também estou me divertindo muito com você — Confesso.

— Bom — diz ele, com os olhos ainda fechados. — Há mais uma coisa que eu queria te contar.

— O quê? — E, novamente, espero que ele esteja falando comigo.

— Eu te amo — diz Mason com um sorriso.

O choque é tamanho que as joaninhas na minha

barriga se engasgam com a língua. — O que você acabou de dizer?

E para quem?

Mason não responde.

Ele caiu em um sono induzido por drogas.

Capítulo 29

Mason

Estúpido. Estúpido. Estúpido.

Nunca mais vou usar drogas.

Como pude dizer a Sophia que a amo antes mesmo de ter certeza disso?

O que é pior, sei que ela não está na mesma sintonia. Ou o mesmo som. Ou a mesma sinfonia.

Para deixar o problema morrer, finjo dormir, o que não é difícil, já que *Comfortably Numb* está tocando em meus ouvidos.

De repente, tenho uma ótima ideia.

Nível de gênio, tenho certeza.

Talvez eu devesse anotar?

Não. É tão boa que vou lembrar mais tarde, com certeza.

Tem a ver com livros, que estão na minha cabeça por algum motivo desconhecido. Uma ideia nova, para ser mais preciso. Uma releitura de Pinóquio, mas em vez do nariz crescer, será o pau. E não quando ele está mentindo, mas quando ele...

Não, espere. Quantos anos tem Pinóquio? Melhor torná-lo um adulto.

Sim. Mas espere. Ultimamente tenho tido problemas com ereções excessivas e agora estou escrevendo sobre meu 'cara' com o mesmo problema. Essa ideia também está no nariz... ou no pau?

Talvez eu devesse fazer esse Pinóquio feminino?

Mas que parte dela cresceria? Seu clitóris? E em que circunstâncias?

O carro para.

— Mason? — Sophia sussurra.

Finjo que acordo e embarcamos no navio – onde, apesar do que Sophia diz, estou convencido de que todos sabem que estou chapado.

Huh. Chapado. Esse poderia facilmente ser o termo para uma ereção que estou sentindo no momento, graças à proximidade de Sophia.

Talvez eu seja Pinóquio? Ou Pinóquia? Não, espere, eu não sou uma garota. E é definitivamente meu pau que está crescendo.

— Você sabe o que estou com vontade? — Pergunta Sophia.

Eu me inclino e mordo sua orelha. — Uma foda dura?

Suas pupilas – do tipo olho, não do tipo estudante – dilatam. — Eu ia dizer para visitar o buffet livre — diz ela com voz rouca. — Mas... eu gosto muito mais da sua ideia.

Aperto o botão do elevador para a suíte. — Felizmente para mim, ainda vou conseguir algo delicioso para comer.

A resposta dela é um beijo que dura até entrarmos na suíte.

— Ei — diz ela sem fôlego. — Como chegamos aqui sem abrir a boca?

Eu olho para ela e pondero sobre o mesmo mistério. — Eu não faço ideia. Talvez alguma caminhada sexy com caranguejos estivesse envolvida?

Ela bufa. — Nada sobre caranguejos é sexy.

Minhas narinas se dilatam. — O equivalente russo do estilo cachorrinho é o lagostim.

— Não são os mesmos crustáceos. — Ela começa a se despir. — Eu gosto de onde sua mente está, no entanto.

Assim que sua pele macia fica exposta, eu a cubro de beijos, isto é, até ela tirar os sapatos.

Caindo de joelhos, esfrego seus pés do jeito que ela gosta, depois, mordo seus dedos dos pés até que sua respiração se torne superficial e sua boceta brilhe convidativamente demais para que eu possa ignorar.

— O buffet está aberto — Murmuro, agarrando seus quadris.

Sua pele fica toda vermelha.

Inclinando-me, saboreio-a como desejei fazer o dia todo e descubro que, de alguma forma, inacreditavelmente, ela é ainda mais doce e sedosa do que me lembro.

— Sim, simplesmente assim — Ela geme enquanto eu chupo seu clitóris.

Inalando o cheiro inebriante de seu sexo, mantenho um ritmo constante até que ela goze em minha boca. Só então me afasto para olhar para seu rosto corado.

— É um bom começo — digo com voz rouca e a pego no colo para deitá-la na cama. — Mas você me deve mais alguns desses.

Ela lambe os lábios, olhando para mim enquanto fico em cima dela. Sua voz está sem fôlego quando começo a mordiscar sua clavícula até o peito. — Um fardo, com certeza. Mas, primeiro, tenho vontade de usar Uber.

Paro no meio do caminho até seu mamilo e levanto a cabeça para fixá-la com um olhar confuso. — Você quer dizer Uber Eats?

Ela morde o lábio. — Eu apelidei seu pau de Uber.

Huh. — Apelidou?

— Tem a ver com Nietzsche — diz ela. — Não é qualquer tipo de aplicativo de carona. — Ela estreita os olhos para o meu pau. — Não quero compartilhá-lo com ninguém.

Justo.

Aponto para sua boceta. — Também não quero compartilhar Lyft.

— Lift, como inglês britânico para elevador? É porque você está pensando em andar... para cima e para baixo?

— Não, Lyft com um 'Y', como o aplicativo. Mas sim, quero Lyft andando de Uber a noite toda.

Ela morde o lábio. — Isso pode ser arranjado. — Ela aponta para o seio direito. — Já que estamos falando de nomes, este é Platão. — Ela aponta para o outro lado. — E este é Sócrates.

Arqueio uma sobrancelha. — Nesse caso, eu gostaria de tomar Sócrates e Platão. — Eu combino ações com minhas palavras. — A seguir, vou chupar os mamilos de Sócrates e Platão. — Eu faço isso também até ela gemer.

— Não é justo — Ela suspira. — Ainda não me cansei de Uber.

Oh. Certo.

Eu me afasto e deito de costas, Uber se projetando como o mastro de um navio repleto de piratas excitados.

Sophia me toma em sua boca, fazendo minha cabeça girar.

— Porra, Joaninha... Isso é tão bom, deveríamos dar um nome à sua boca... ou língua.

A resposta dela é um movimento da língua na cabeça de Uber.

— Ayn Rand? — Sugiro guturalmente.

Sophia olha para mim, o pau ainda em sua boca molhada e sedosa, uma sobrancelha ainda sem nome levantada.

— Ela era filósofa e romancista — Consigo explicar, de alguma forma. — Como ela é russo-americana, eu...

Sophia vai mais fundo em Uber até que eu sinta sua garganta, e continuar a conversa se torna impossível. Pensar também. Inferno, tenho sorte de lembrar como respirar, mas, mesmo assim, mal consigo. Minhas inspirações são superficiais e rápidas, expirando alto e beirando gemidos de prazer.

— Pare — Consigo grunhir quando ela lambe a cabeça como sorvete. — Eu quero estar dentro de você.

Sem minha permissão, ela envolve Uber com uma camisinha e fica de quatro.

Uma garota tão boa.

— Gostosa pra caralho — Sussurro em seu ouvido enquanto entro nela.

Eu me movo lentamente no começo, mas então ela arqueia as costas e exige que eu acelere, e fico muito feliz em obedecer.

— Sim! — Ela grita enquanto tem espasmos ao meu redor.

— Da próxima vez, grite meu nome. — Agarro um punhado de seu cabelo – algo que notei parece deixá-la louca.

— Apenas me foda — Ela geme, seu olhar no espelho que reflete meu punho em seu cabelo. — Por favor!

Adoro quando ela implora por isso. Modo besta ativado, eu enfio nela com tudo que tenho.

— Sim! — Ela grita. — Sim! Mason...

Ela goza com tanta força que suas paredes apertadas sufocam Uber a ponto de eu não aguentar mais. Grunhindo seu nome, eu explodo dentro dela com um orgasmo tão intenso que minha visão fica embaçada.

Nós dois levamos um longo minuto para nos

recuperar. Finalmente encontro forças para me levantar, para poder nos limpar. Depois, deito ao lado dela e a abraço apertado.

— Isso foi legal — Ela murmura sonolenta. — E muito melhor do que um buffet à vontade.

Não respondo porque sinto uma vontade repentina e idiota de dizer a ela novamente que a amo. Mas não. Estou um pouco menos chapado e aprendi minha lição.

A menos que ela reconheça que me ouviu e dê a entender que o sentimento é mútuo, vou ficar quieto e simplesmente fazer tudo ao meu alcance para fazê-la se apaixonar por mim.

Eu farei o que for preciso.

Capítulo 30

Sophia

— Veja — digo a Mason enquanto escovamos os dentes juntos na manhã seguinte. — O bom da maconha é que não há ressaca no dia seguinte.

— Não tenho tanta certeza se concordo. — Ele verifica seus olhos ainda levemente injetados no espelho. — Estou com vontade de comer um bagel com cream cheese e salmão defumado. Eu nunca desejei isso em minha vida. Eu culpo as drogas.

Hum. Ele também estava com vontade de peixe salgado ontem. — É possível que não esteja completamente fora do seu sistema.

Quem diria que um jogador de hóquei de cem quilos teria uma tolerância tão baixa? Quero dizer, ele estava tão chapado que disse que me amava. Ou melhor, ele contou a alguém - provavelmente algum peixe salgado sem nome. Ou talvez ele pretendesse enviar uma mensagem telepática para Flop, o Golfinho.

De qualquer forma, ele não quis dizer isso, tenho certeza. Foi só euforia falando.

Inferno, quando experimentei ecstasy, confessei meu amor eterno pelo meu novo iPhone, então é isso.

Mas, e se ele realmente quis dizer isso, mesmo que apenas em algum nível subconsciente?

Será que ele pelo menos gosta de mim?

Não. Eu não posso ir lá. Nós concordamos. O que acontece no cruzeiro fica no cruzeiro.

Além disso, o nosso caso, ou o que quer que seja, é provavelmente sobre a equipe. Assim que voltarmos para Nova York, ele voltará a tentar me convencer a vender.

Ugh. Devo vender para ele? Dado o desenrolar do nosso primeiro encontro, fui totalmente contra, mas não consigo mais guardar rancor.

Isso é importante para ele. Tão importante que ele me perseguiu em mar aberto. E ele está certo: o que eu sei sobre dirigir um time, mesmo com a ajuda de Abigail? Mas se eu vender, ele desaparecerá? A transação cortará qualquer conexão que exista entre nós? Ou será que...

— Pronta? — Ele pergunta.

Merda. Eu estive aqui, olhando estupidamente para o espelho.

Com esforço, eu me livro do meu medo. — Sim. Vamos.

———

É oficial. Mason ainda está chapado – de que outra forma explicar o fato de que ele acabou de comer um donut de verdade?

Estranhamente, eu mesmo comi um pedaço de fruta.

— Parece que passamos um para o outro — diz ele com um sorriso quando aponto isso.

Sim, sim, e nos esfregamos um pouco mais naquela noite e na noite seguinte. Em geral, passamos todo o tempo juntos nos dias seguintes – e são os melhores dias da minha vida.

Após o café da manhã com donuts, ele pede ao capitão que nos faça uma turnê privada pelo navio, incluindo áreas que "ninguém jamais viu, ou verá novamente... até daqui a dois dias".

— O que acontecerá daqui a dois dias? — Não posso deixar de perguntar.

O capitão toma um grande gole de vodca direto da garrafa. — Os Florida Bears estão fazendo este mesmo cruzeiro — Explica ele com entusiasmo. — O que significa que vou conhecer meu outro jogador de hóquei favorito: Michael Medvedev.

A expressão de Mason escurece. — Não diga a ele que você é meu fã, ou ele pode simplesmente dar um soco na sua cara.

— Oh. — O capitão bebe outra dose de álcool que destrói o fígado. — Obrigado pelo aviso.

Quando a turnê termina, pergunto a Mason sobre esse Michael Medvedev, pois parece que há história ali.

A mandíbula de Mason aperta. — Misha é um filho da puta rude que pensa que é igual a mim, só que não é.

— Misha? — Eu pisco em confusão.

— Em russo, é uma versão diminuta de Michael, mas também está associada a ursos. Ele odeia quando as pessoas o chamam assim, e é por isso que eu uso sempre que posso.

— Entendo. — Quando penso em ursos, penso em Ursinho Pooh, Paddington e Vikings furiosos, mas, ei, o que quer que faça cócegas no seu urso de estimação.

— De qualquer forma — Continua Mason —, ele tem algum talento, admito, mas nenhuma habilidade como jogador de equipe. Os Yetis o expulsaram após a primeira semana, e ele me culpa por isso, embora tenha sido nosso treinador quem tomou a decisão. O único time que o contrataria depois disso seria o Florida Bears, e eles estão no fundo do poço da DHL. Mas, ei, acho que ele ainda é famoso o suficiente para estar no radar do capitão.

Eu pisco para ele. — O bom capitão parece ter muito bom gosto quando se trata de jogadores de hóquei.

Não tenho certeza do que exatamente havia de sedutor nessa frase, mas Mason me pega e me leva para sua suíte, onde me faz uma massagem de corpo inteiro e fode meus miolos. Depois, ele me surpreende com um jantar romântico para dois em sua varanda, seguido de outra foda de nível divino.

No dia seguinte, descobri que Mason nos reservou uma manhã no spa, bem como uma cabine particular para relaxar e nos divertir. No dia seguinte, ele reservou uma banheira de hidromassagem externa privativa cercada por vista para o mar. E se isso não fosse romântico o suficiente, ele monta uma rede no convés superior do navio para que possamos dormir sob as estrelas.

Durante todos esses mimos, tenho a sensação de que ele está prestes a me perguntar alguma coisa, mas nunca o faz. Suspeito que ele queira me pedir para vender o time, e fico feliz que ele não diga isso em voz alta, porque quero fingir que ele está comigo por minha causa. Além disso, ainda não decidi se vou vender ou não.

Ou talvez eu tenha decidido. Vender é a única maneira de garantir que "o que acontece no cruzeiro permaneça no cruzeiro". Caso contrário, ele continuará me perseguindo, e seria muito fácil acreditar que ele não está atrás apenas da minha equipe – e não posso me permitir cair nesse tipo de armadilha novamente.

Depois de mamãe e do Rupert, eu seria uma idiota se confiasse em alguém que sei que tem segundas intenções.

Ainda assim, mesmo sabendo que tudo o que existe entre Mason e eu é uma ilusão, fico cada vez mais desanimada à medida que o fim do cruzeiro se aproxima... mesmo enquanto continuo a me divertir na companhia de Mason.

Na verdade, se não fosse pela companhia dele, eu poderia ficar totalmente deprimida.

Na noite anterior à nossa chegada de volta a Porto

Canaveral, não consigo mais evitar a tristeza. Mesmo os cinco orgasmos que ele me deu esta noite não ajudaram. Estou mais que deprimida porque o cruzeiro está terminando – e me sinto idiota por me sentir assim.

Eu sabia que isso iria acabar.

Sabia que uma alegria como a que experimentei não duraria.

Não para mim.

Nunca para mim.

Meu peito aperta enquanto imagino minha vida em Nova York. É uma vida boa – tenho dinheiro, tenho Abigail, tenho meus estudos de filosofia. Tenho até tartarugas com tesão... quero dizer, cágados. No entanto, sinto-me vazia ao imaginar voltar a tudo isso sem Mason.

Nos últimos dias, ele seguiu seu caminho não apenas para o meu cruzeiro, mas também...

Mason se vira durante o sono, tirando o braço do meu ombro.

Sinto frio instantaneamente.

Puxo um cobertor sobre mim, mas isso não ajuda. Eu não consigo dormir. A separação paira sobre mim como a espada de Dâmocles. Rolando e virando, tento encontrar uma maneira de proceder que não doa... ou que machuque menos.

No meio da noite, decido que preciso apenas arrancar o Band-aid. Ou a bandagem para queimaduras de corpo inteiro, como pode ser. Preciso evitar qualquer tipo de despedida emocional (possivelmente falsa da parte dele) e fugir do quarto dele e sair do cruzeiro antes que ele acorde. Quando chegar em casa, entrarei em contato com meu advogado e venderei o time.

Sim. Talvez se ele me ligar depois disso e ainda quiser me ver...

Não, preciso parar de pensar nessa direção. É assim que reside a esperança, e a esperança leva ao desgosto, como já aprendi muitas vezes.

Ainda assim, uma parte de mim quer pelo menos pegar um táxi para o aeroporto juntos. Ou tomar café da manhã. Ou uma foda de adeus. Mas não. Se pegarmos aquele táxi juntos, estaremos juntos em terra firme, e ele provavelmente me dará uma dúzia de orgasmos bem ali na frente do motorista – e pronto. O que aconteceu no cruzeiro terá acontecido fora do cruzeiro... e acho que não conseguiria suportar.

Não se for para acabar, o que, claro, é.

No entanto, mesmo depois de tomada a decisão, não consigo pregar o olho, nem mesmo quando ele se afasta e me abraça contra ele, como um ursinho de pelúcia.

Especialmente não então.

Depois do que parece ser uma semana, o amanhecer finalmente chega.

Eu cuidadosamente me livro do abraço de Mason. Enquanto faço isso, os primeiros raios do sol nascente iluminam as feições esculpidas de Mason, fazendo algo em meu peito tremular como as asas de uma enorme beldade de joaninhas.

Estou cometendo um erro? E se ele me quiser por mim? Ou será, assim que conseguir o time?

Não. São apenas hormônios falando. A questão mais importante é: e se ele não quiser?

Estou com muito medo de descobrir.

Movendo-me como um ninja, saio furtivamente da suíte de Mason e vou para a minha para pegar minhas coisas antes de correr para o elevador VIP.

Durante todo o caminho, uma parte fraca em mim espera que Mason tenha acordado e decidido me interceptar... mas não é o caso.

Sou a primeira pessoa a entrar na fila para a saída, embora uma multidão se acumule atrás de mim rapidamente.

Mason não está entre eles.

Quando atracamos, eu escapo do navio e abro caminho entre as pessoas que esperam para partir no terminal. Entre eles está um bando de caras enormes que devem ser do time de hóquei Florida Bears que o capitão mencionou outro dia. De que outra forma explicar os narizes quebrados e as expressões ferozes?

Não é como se os vikings existissem hoje.

Enquanto passo por toda aquela testosterona, cometo o erro de me perguntar qual desses montes de músculos é Michael Medvedev. É claro que, assim que penso no inimigo de Mason, penso no próprio homem e quase me viro. Mas não. Continuo andando e entro no táxi mais próximo.

— Para onde? — O taxista pergunta.

Examino inutilmente a multidão em busca de qualquer indício de Mason.

— Aeroporto de Orlando.

O taxista liga o carro. — Parece bom.

À medida que o motor do carro ganha vida, tenho quase certeza de que Mason aparecerá de repente e me forçará a ficar... mas isso é apenas uma ilusão.

Nenhum deus ex machina romântico para mim.

Nunca existe.

Eu choro todo o caminho até Nova York.

Capítulo 31

Mason

Acordo com uma sensação desconfortável e não sei por quê.

Bem, eu meio que sei. Chegaremos ao porto a qualquer momento, e Sophia e eu ainda não discutimos nossos sentimentos, presumindo que ela tenha algum por mim.

Porra. Minha estratégia de esperar até que ela reconheça minha declaração de amor é oficialmente perdedora.

Certo. Vou ter que falar com ela agora. É hora de colocar todas as minhas cartas na mesa ou, como diz o treinador: "colocar a porra do disco no gelo". Posso dizer a ela o quanto aprendi a cuidar dela e, mais importante, o que realmente penso sobre a ideia imbecil de que "o que acontece no cruzeiro fica no cruzeiro".

— Joaninha? — Viro-me para o lado dela... mas encontro-o vazio e frio.

Que porra é essa? Onde ela está?

— Sophia? — Levanto-me e bato na porta do banheiro.

Sem resposta.

Tento a maçaneta e encontro a porta destrancada.

O banheiro está vazio.

Meu estômago cai. Nos últimos dias, passamos todas as manhãs juntos, então, tolamente presumi que hoje seria a mesma coisa.

Talvez ela esteja fazendo as malas?

Não. Ela me disse que fez as malas ontem.

Talvez ela tenha esquecido de embalar alguma coisa?

Meu desconforto se intensifica.

Freneticamente, me visto, escovo os dentes e corro para bater na porta da suíte de Sophia.

Ninguém responde.

— Joaninha? — Grito, batendo com o punho na madeira.

Nenhuma resposta.

— Ei — digo a um porteiro que passa. — Abra esta porta.

— Sinto muito, senhor — diz ele, piscando. — Se essa não for a sua...

— Ouvi um grito lá dentro. Alguém pode precisar de ajuda.

E, ei, não é mentira completa: se ele não fizer o que eu digo, vai gritar e precisar de ajuda.

— Oh. — O porteiro pega um cartão-chave e passa. — Por favor, fique aqui.

Ele entra correndo e eu o sigo, não confiando em algum estranho para lidar com isso – seja lá o que for.

— Não há ninguém aqui — diz o porteiro, olhando em volta confuso. — Sem malas também.

Sem malas.

Até este momento, eu poderia ter feito outras suposições, como, talvez, ela tenha ido tomar café da manhã. Mas agora só cabe uma explicação: ela pegou a mala e saiu sem se despedir.

Bem, foda-se.

Girando sobre os calcanhares, corro até o elevador e aperto o botão como se o que estivesse acontecendo fosse culpa dele.

A porra do elevador demora o que parece ser uma hora.

Virando-me em meus calcanhares, corro para as escadas.

Consigo descer apenas um nível antes de me deparar com um engarrafamento de pessoas.

Não.

Eu não me importo com o quão rude eles estão prestes a pensar que eu sou. Canalizando meu eu do colégio, desço pelo corrimão da escada para passar pelos estranhos boquiabertos. No fundo, dou de cara com uma multidão de passageiros esperando para desembarcar.

OK. Nem tudo está perdido. Estou no nível térreo do navio e ainda não atracamos. Talvez possamos atrasar a atracação até eu pegá-la? Pego meu telefone e ligo para o capitão para pedir um último favor.

Ele não atende.

Porra.

Eu ligo para Sophia.

Ela também não atende. Ela está me ignorando de propósito ou ainda está em sua "desintoxicação digital".

Certo. Começo a empurrar a multidão.

O navio para e a voz do capitão fala alegremente sobre nossa chegada.

— Deixe-me passar — Rosno para as pessoas à minha frente.

Algo na minha voz deve fazê-los perceber que é melhor obedecer, porque muitas pessoas saem do meu caminho e então eu afasto aquelas que não o fazem.

Quando entro no terminal, vejo o que poderia ser a figura curvilínea de Sophia correndo em direção aos táxis.

Eu avalio a distância entre nós.

Se isso fosse gelo e eu estivesse de patins, eu conseguiria com certeza, mas como está, terei que confiar na corrida.

Então, corro... e bato em uma parede de defensores que parece ter surgido do nada para bloquear meu caminho.

— Que porra é essa?

Isso parece estranhamente um pesadelo que às vezes tenho – embora, é claro, eu esteja nu no gelo.

— E olá para você, escória Yeti — diz um dos caras corpulentos no meu caminho.

Examino todos eles e só quando vejo um rosto familiar – e indesejável – é que entendo.

Estes são os Florida Bears, um time de hóquei que não é nosso rival, mas gostaria que fosse.

E, claro, com eles está Misha, ou melhor, Michael Medvedev, como vou chamá-lo na cara hoje, porque prefiro acalmar a situação a desperdiçar segundos valiosos chutando a bunda de todo mundo.

Essa emboscada foi ideia dele?

Além do habitual descontentamento de origem soviética em seu rosto de falcão, sua expressão é ilegível. Nunca lhe contei isso, pois pode parecer um elogio, mas ele sempre me lembrou um herói dos contos folclóricos russos. Eles são um tipo de cavaleiros eslavos errantes e são sempre retratados como homens grandes, ferozes o suficiente para matar dragões de três cabeças.

Ah, e eles também não são jogadores de time.

— Michael — digo, dirigindo-me diretamente a Medvedev. — Estou com muita pressa. Se você se preocupa com o bem-estar de seus companheiros de equipe, diga-lhes para saírem da porra do meu caminho.

Então, novamente, desde quando ele se importa com seus companheiros de equipe?

— Meu bem-estar? — diz um dos defensores, que vou eviscerar primeiro. — Você e que exército?

— Escute — digo em russo, com os olhos ainda voltados apenas para Medvedev. — Eu não tive nada a ver com você perder o emprego. Foi decisão do treinador, eu juro. — Não que eu não concordasse com essa decisão, mas não o ajudei a tomá-la, então, isso não é mentira.

— Ele acabou de dizer algo sobre minha mãe? — Grita o mesmo defensor que não tem muito tempo neste mundo. — Eu vou...

— Cale a boca — diz Misha em um inglês perfeito e sem sotaque, sua voz rouca carregando tanta ameaça que seu companheiro de equipe engole o resto de suas palavras. Ele então volta sua atenção para mim e pergunta em russo: — O que ganho com isso?

Minha mandíbula se contrai. — Você quer dizer além de evitar uma ida ao hospital?

Ele curva o lábio superior. — Você sabe perfeitamente que eu poderia enfrentá-lo sozinho, se quisesse.

— Se você desejar a um gênio da lâmpada, talvez.

Ele grunhe - o que para ele provavelmente passa por uma risada divertida. — Que tal fazermos um acordo — diz ele, mudando para o inglês.

Arqueio uma sobrancelha e cerro a mão em punho, só para garantir.

— Um jogo entre nossas equipes — diz Misha. — Não como parte das besteiras da liga. Apenas para nós.

Hum. — Jogo de exibição?

Ele concorda.

— Certo. Minha equipe poderia fazer uso do treino. Não que vamos ganhar muito disso jogando contra esse lamentável bando de Homens da Flórida. Lutar contra jacarés não ajuda você a navegar com o disco pelo gelo, nem socar tubarões.

— Afastem-se — diz Misha aos seus companheiros de equipe.

Eles saem do meu caminho e corro até onde vi Sophia.

Exceto, quando chego lá, não há sinal dela.

Talvez não fosse ela? Procuro no terminal de cima a baixo, mas ela não está em lugar nenhum.

Porra.

No meu telefone, pego o último relatório que recebi de Max e verifico quando ela deveria voltar para Nova York.

OK. Ao contrário de mim, que fretou um voo, ela sairá de Orlando em primeira classe em duas horas. Isso significa que ainda posso interceptá-la.

Com o coração martelando, entro em um táxi e suborno o motorista para acelerar. Ele o faz, e os próximos quarenta minutos são como uma cena de perseguição de *Missão Impossível*... isto é, até chegarmos ao trânsito.

Caralho duplo.

Bato no ombro do motorista. — Você não pode fazer alguma coisa?

Ele dá de ombros. — Este carro não voa. Desculpe.

Estou tão chateado que quero voltar ao porto e derrotar todos os jogadores do time Florida Bears, começando por Misha. Infelizmente, o trânsito não me deixa avançar nem retroceder, e avançamos com a velocidade de uma das tartarugas de Sophia. Ou cágados. Que seja.

Acontece que a causa do trânsito é algo que só

poderia acontecer em Orlando: um Mickey Mouse fora de serviço bateu com seu fusca em um BMW.

O motorista limpa a garganta. — Achei que os funcionários da Disney estavam proibidos de tirar fantasias do parque, muito menos de usá-las quando estavam de folga.

— Acho que alguém vai ser demitido hoje — digo com um suspiro.

Depois de passarmos por aquela cena linda, chegamos rápido ao aeroporto, por tudo que isso vale. Ainda assim, caso Sophia se atrase para o voo, saio e vasculho o aeroporto em busca dela.

Não. Ela não está aqui.

Porra.

Pego outro táxi para meu avião particular e, quando estou no ar, me divirto representando cenários violentos com todos os membros do Florida Bears, bem como caras vestidos de Mickey Mouse.

Ao pousar, decido que não posso simplesmente ir para casa.

Não. Vou para a mansão de Sophia.

Entrando na limusine que me espera, informo ao motorista a mudança de destino. Enquanto lutamos contra mais um trânsito, repasso todo tipo de conversa na minha cabeça. Só quando chegamos aos seus portões é que começo a pensar duas vezes sobre o que estou fazendo agora.

Afinal, a maior reclamação dela comigo era que eu a estava perseguindo – e lá vou eu de novo.

Então, novamente, temos que conversar e resolver isso.

Eu não posso simplesmente deixá-la ir.

Espere um segundo.

Falando em perseguição, há um cara sentado no chão, do lado de fora da visão da câmera do intercomunicador de Sophia. Vê-lo me traz à mente a expressão "fofo como um botão", ou dito de outra forma, ele me faz sentir nojo e raiva.

Ah, e há algo furtivo em sua posição. Algo evasivo.

Cerrando os dentes, saio do carro.

O cara me vê, e algum tipo de reconhecimento parece brilhar em seus olhos de doninha.

— Quem é você? — Exijo. — E que porra você está fazendo aqui?

Eu não me importo se esta não é a minha casa, ao lado da qual ele está vagando. É da Sophia, então é melhor o filho da puta me impressionar com sua resposta.

— Você é o jogador de hóquei. — O cara fica de pé e estende a mão para mim. — Eu sou Rupert.

Olho para o apêndice oferecido como olharia para uma pilha de vômito de peixe-bolha. — Só vou perguntar mais uma vez. O que você está fazendo aqui?

Ele recua. — Estou aqui para visitar Sophia.

— Por quê? — Se os olhares pudessem castrar, os meus o fariam cantar contralto.

Ele bate os cílios claros, todo inocente. — Ela não me mencionou?

— Por que ela faria isso?

Quem diabos é ele? Ela nunca mencionou um irmão e disse que nunca teve um relacionamento sério.

O cara projeta o peito, o que o faz parecer um baiacu. — Eu sou o amor da vida de Sophia.

Congelo e, pela segunda vez hoje, me pergunto se estou vivendo um pesadelo. Devo me beliscar? Não. A dor que sinto nos nós dos dedos quando eles batem nesse idiota deve ser suficiente.

— Você não acredita em mim? — Ele pega o telefone e toca nele. — Aqui. Esta é a nossa festa de noivado.

Sentindo que foi ele quem me deu um soco, não posso deixar de verificar a imagem na tela dele.

Porra. Lá estão eles, sorrindo, muito próximos um do outro, e porra! Há um anel com uma zircônia cúbica microscópica no dedo de Sophia.

Ela não só estava em um relacionamento sério, mas também com essa merda, e... *eles estavam noivos.*

— Há mais fotos. — Ele desliza na tela. — Por exemplo...

Pego seu telefone e o esmago com o punho até a tela quebrar. — Vou te dar um segundo para correr. — Pontuo minhas palavras quebrando o telefone no chão.

Ele olha para o objeto sem acreditar, depois olha para mim. — Que porra é essa? Esse telefone era...

Com um baque satisfatório, meu punho direito bate no que parece ser sua mandíbula.

Ele voa pelo menos alguns centímetros do chão e depois cai na grama.

Merda.

Acabei de matar o ex de Sophia?

Supondo que este seja um ex. Talvez eles estejam namorando e o que aconteceu no cruzeiro foi...

O filho da puta geme, então acho que ele está vivo.

— Você está pronto para correr agora? — Rosno.

Com as pernas trêmulas, ele se levanta e começa a se afastar silenciosamente, provando que não é tão suicida quanto parecia à primeira vista.

Quando não consigo mais vê-lo, me viro e fico cara a cara com Sophia.

Capítulo 32

Sophia

Quando Effie me disse que Mason estava perto do interfone, levei cinco segundos para decidir me juntar a ele – isso mostra o quão fraca eu sou.

Enquanto corro até ele, não tenho ideia do que vou dizer, mas só de vê-lo será...

Vejo Rupert e meu sangue fica lamacento.

Que porra ele está fazendo aqui? Tenho uma ordem de restrição contra ele neste momento – e, ainda por cima, ele está invadindo.

Meu coração dá uma cambalhota quando percebo que ele está falando com Mason. Algo sobre o telefone dele.

E então, bum, Mason dá um soco nele, e é como se minha fantasia mais profunda ganhasse vida, apesar de eu afirmar ser uma pacifista.

— Você está pronto para correr agora? — O tom de

Mason é tão assustador que uma parte de *mim* quer fugir também.

Rupert não é um homem corajoso, então ele obviamente foge – e tenho a sensação de que finalmente vou realizar meu desejo de nunca mais vê-lo depois de hoje.

Mason se vira em minha direção e, a princípio, seus olhos brilham como aconteciam todas as manhãs no cruzeiro, mas depois sua expressão escurece.

— O que ele disse é verdade?

Merda. Rupert disse alguma coisa? — O que é verdade?

Que o bastardo me tinha na palma da mão? Que eu pensei que estava apaixonada e assinei tudo o que ele queria que eu assinasse? Que eu pensei que nos casaríamos e viveríamos felizes para sempre – apenas para ver a realidade me bater na cara, não muito diferente do que o punho de Mason acabou de fazer com Rupert?

Mason aponta um dedo acusador para uma pequena pilha de peças de telefone espalhadas pelo chão. — Vocês estavam noivos?

Algo dentro de mim estala. — Parece que você deveria receber um reembolso de quem elaborou aquele dossiê sobre mim. Eles perderam um capítulo importante.

Os lábios de Mason formam uma linha fina como uma navalha.

— Você não considera um noivado um relacionamento sério?

Sinto a pressão crescendo atrás dos meus olhos, mas luto contra a vontade de chorar com cada grama do meu livre arbítrio – o que não parece uma ilusão neste momento.

— Você me pegou. E agora?

— Eu te contei sobre meus pais — diz ele, e há tanta dor em sua voz que dou um passo para trás. — E você sabe como a confiança é importante para mim — Continua ele. — Mas você não me contou sobre isso.

— Por que, para que você saiba o quão crédula eu realmente sou? — Minhas narinas se dilatam. — Do jeito que está, saí do cruzeiro quase pronta para lhe vender seu precioso time. Não era esse o objetivo?

— Fugiu do cruzeiro, você quer dizer? — Seu olhar fica gelado. — Desde o dia em que nos conhecemos, você sempre escolheu pensar o pior de mim, mas eu nunca menti para você. — Ele balança a cabeça. — Achei que havia algo entre nós. Algo real. Algo especial.

Dou um passo para trás. — Como eu poderia ter certeza de que você não estava comigo porque ainda queria o time? — Esta pergunta é dirigida a nós dois... talvez mais a mim do que a ele.

As feições de Mason ficam perigosas. — Se eu fosse uma pessoa tão ruim como você sempre supõe, e se eu quisesse *tanto* o time, poderia simplesmente dizer: 'Venda, ou sua amiga não conseguirá o emprego dos sonhos'.

Cambaleio para trás e tenho certeza de que sei como Rupert deve ter se sentido um minuto atrás. — Você está me ameaçando?

Ele gira nos calcanhares. — Aceite como quiser.

Com isso, ele caminha até sua limusine, bate a porta com tanta força que vai precisar de conserto e, com um barulho de pneus, ele vai embora.

Capítulo 33

Sophia

Não me lembro como voltei para a mansão.

Com a mente em completa desordem, vou visitar Donatello e April – na esperança de que o pastoreio deles possa acalmar minha mente.

Péssima ideia. Eles estão transando, o que me lembra dolorosamente da minha atividade favorita envolvendo Mason.

— Está tudo bem? — Dra. Kelpcon pergunta.

Uau. Quão mal devo parecer para que a boa doutora seja capaz de se concentrar em mim, em vez de em seus pupilos favoritos, no meio do coito?

— Estou bem. — A mentira do século. — Eu vou entrar.

Faço isso e ando pela mansão como uma prisioneira, minha mente repassando todo o cruzeiro e o encontro mais recente com Mason em um ciclo tortuoso.

"Achei que havia algo entre nós", ele disse. "Algo real. Algo especial."

No momento em que ele disse essas palavras, eu não estava ouvindo totalmente, mas agora é tudo em que consigo pensar, porque elas parecem muito verdadeiras.

O que aconteceu entre nós pareceu mais do que apenas um cara tentando conseguir algo de mim.

Parecia algo real.

Parecia amor... pelo menos para mim.

Mas esse é o problema. Achei que também amava Rupert e veja o que aconteceu.

Pensando bem, não acho que o que senti por Rupert foi amor. Aconteceu simplesmente que eu estava desejando amor depois da traição de mamãe e estupidamente pensei que ele poderia fornecê-lo. No máximo, o que Rupert e eu tínhamos era uma amizade com alguma paixão da minha parte.

Com Mason, é totalmente diferente. Foi desde o primeiro momento em que nos conhecemos. Talvez seja por isso que me senti tão hostil com ele. Não foi apenas a breve conversa que ouvi. Era ele. Senti a ameaça em meu coração e coloquei meus escudos. Escudos que não aguentaram.

Apesar de todo o cuidado que tomei para nutrir minhas defesas, Mason conseguiu penetrá-las – e eu deveria saber que ele conseguiria.

Ele é tão bom em penetração em geral.

Eu paro no meio do caminho.

Acabei de admitir para mim mesma que amo Mason?

Sim. Eu o fiz. Porque sim, apesar de ele ter ameaçado o trabalho de Abigail.

Não. Apesar disso, não. Eu simplesmente não acredito que ele faria isso.

Mas, e se ele fizer isso?

Eu deveria pelo menos alertar Abigail sobre a possibilidade.

Pegando meu telefone, tento ligar para ela, mas então percebo que ainda está no modo avião.

Droga.

Assim que desativo esse modo, chega uma enxurrada de chamadas perdidas, mensagens de texto e e-mails – principalmente de Mason em relação à minha saída repentina do cruzeiro.

Ah, e o que é revelador, há zero depois da conversa que acabamos de ter.

Com o estômago embrulhado, ligo para Abigail.

— Ei — diz ela. — Você voltou? Tenho tentado entrar em contato com você.

— Sim. Acabei de voltar. Eu queria...

— Não, eu primeiro — Ela canta com entusiasmo.

— Eu consegui o emprego. Obrigada! Obrigada! Obrigada!

Meu peito aperta. Abigail já conseguiu o emprego. E Mason devia saber disso, mas não usou a informação a seu favor, assim como nunca mencionou o atraso do navio quando eu estava enjoada.

— Você está aí? — Abigail pergunta.

— Sim. Estou feliz por você — digo. — É só que... acho que estraguei tudo. De verdade.

— O que aconteceu?

Digo a ela, e quando termino, ela confirma o que eu já pensava: Mason devia saber que ela conseguiu o emprego há pelo menos dois dias, através do amigo dele, o que significa que o que interpretei como uma ameaça foi simplesmente um ponto que Mason tentou explicar.

— Ele não pode fazer com que você seja demitida? — Pergunto, mas não acredito mais nisso.

— Extremamente improvável — diz ela. — Para começar, quando você ingressa na Octothorpe, você recebe ações da empresa como bônus de adesão – e elas custam uma fortuna. Se eles me demitissem sem motivo algum, eu ficaria com elas. Além disso...

— Tenho que consertar isso — digo, mais para mim mesma do que para ela.

— Sim, você tem — diz ela severamente. — Agora vá e faça isso. Conversaremos depois.

Desligo e ligo para o Sr. Cohen para tomar as providências necessárias antes de dizer a Richard para preparar meu carro mais rápido.

Vou à casa de Mason e vou consertar isso.

Capítulo 34

Mason

Quando entro no meu apartamento, Spike e a babá que contratei para cuidar dele me examinam com expressões igualmente preocupadas.

Pago a mulher e a libero de suas tarefas, depois, acaricio suavemente o pelo de Spike – o que acalma mais para mim do que para ele. Depois de um tempo, minha raiva esfriou a ponto de querer voltar e explicar a Sophia que nunca destruiria o trabalho da amiga dela, e não que isso seja possível agora que ela foi contratada.

Mas não.

Sophia não abrirá os portões para mim. Ou falará comigo novamente.

Porra. Fiquei com tanto ciúme depois de conhecer o ex dela que não consegui controlar minha boca grande.

Então, novamente, não me importo se ela não abrir

os portões. Estou voltando para lá. Se eu não esclarecer as coisas, eu...

Meu telefone toca.

É Cohen.

Não tenho tempo para advogados agora, então ignoro... exceto que ele liga novamente. E de novo.

— O quê? — Eu brado para o telefone.

Ele me informa que Sophia vai me vender o time, e por uma ninharia.

— Não — digo. — Não, se isso significar que nunca mais nos veremos.

Ele limpa a garganta. — O dia em que eu começar a dar conselhos sobre relacionamento aos meus clientes será o dia em que vou queimar meu diploma de Direito.

— Eu não estava... deixa pra lá. Eu tenho que ir. — Desligo e corro para fora para chamar um táxi.

De repente, um Bugatti Bolide para bruscamente próximo à calçada.

Fico boquiaberto quando Sophia emerge dele, seus olhos castanhos focados em mim.

— Oi — digo estupidamente.

— Oi — Ela responde.

— Sinto muito — dizemos em uníssono, e então ficamos ali, olhando um para o outro.

Do jeito que meu coração está martelando no peito, você pensaria que acabei de percorrer todo o rinque de uma só vez e marquei um gol. O que Sophia está pensando? A mente dela está no mesmo tipo de turbulência que a minha?

Eu limpo minha garganta. — Damas primeiro? Ou é mais cavalheiresco da minha parte me explicar?

Ela engole. — Não sei por onde começar.

— Bem, eu sei. — Respiro fundo. — Me desculpe se parecia que eu estava ameaçando o emprego dos sonhos de Abigail. Eu nunca faria isso, não importa o que aconteça com a equipe ou entre nós.

Sophia morde o lábio. — Sinto muito por isso também. Eu não achei que você faria isso... depois de pensar um pouco, é claro. Isso simplesmente não é típico de você.

— Obrigado.

Nem tenho certeza se concordo que conseguir o time, não importa o custo, "não é típico meu". Só que eu não faria algo assim se Sophia estivesse de alguma forma envolvida.

— De nada. — Ela se aproxima. — Eu não deveria ter fugido do cruzeiro. E eu deveria ter contado a você sobre Rupert – ou pelo menos dito algo como: 'Tive um relacionamento de longo prazo de merda e não quero falar sobre isso'.

Quando ouço o nome do filho da puta, meus punhos se fecham e se abrem, um gesto que ela percebe claramente, a julgar pela forma como seu olhar se volta para minhas mãos.

Eu faço o meu melhor para relaxá-los. — Eu entendo por que você não fez isso. — Pelo menos eu acho que sim. — Ele machucou você.

— Não é só isso. Eu fui estúpida. E ingênua. Eu me deixei usar e...

Eu aperto seus ombros. — Você não precisa entrar nisso agora se não quiser — digo suavemente. — Você pode me dizer quando estiver pronta. Ou não me diga nada. Você decide.

E o que ela disser ou deixar de dizer determinará quantos ossos do filho da puta eu quebrarei. Mas essa é uma decisão para mais tarde.

Seus olhos brilham mais. — OK. Mas, novamente, sinto muito. E eu não deveria ter presumido o pior de...

Eu a paro com um beijo. Um que continua no elevador até meu apartamento e culmina em uma sessão longa e quente no meu quarto.

Ainda estamos abraçados quando uma criatura da selva ataca meus pés e mordisca meus dedos de brincadeira.

— Spike! — digo severamente, me desembaraçando de Sophia para sentar e lançar um olhar para o meu gato.

Ele me lança o olhar mais inocente de todos os tempos e caminha por cima dos cobertores até Sophia para esfregar seu queixo peludo – o melhor cumprimento felino. Sorrindo, ela o acaricia, e uma onda de emoções calorosas me domina.

Parece tão certo tê-la aqui em minha casa, brincando com meu gato na minha cama. É aqui que ela pertence... comigo. Para sempre.

Sophia ainda está acariciando Spike quando seu olhar encontra o meu, sua expressão peculiarmente incerta. — Então... há algo que você disse na Jamaica sobre o qual eu queria conversar com você... Isso, e quando você disse isso, havia algo entre nós. Algo real. Algo especial.

Meu coração acelera novamente. — Você quer dizer quando eu disse o que sinto por você?

Ela respira fundo. — Então... você estava falando comigo?

Eu fico olhando para ela. — Quem mais?

Ela encolhe os ombros, Sócrates e Platão balançando para cima e para baixo de forma tão tentadora que Uber recebe uma nova onda de sangue. — Você se comunicou telepaticamente com um golfinho naquele mesmo dia.

Eu fiz? Ah, merda. Acho que sim. Como aquela ideia incrível que tive naquele dia, a telepatia dos golfinhos me escapou totalmente. Mas não a minha declaração a Sophia.

Isso eu nunca esqueceria.

— Eu definitivamente estava falando com você — digo enquanto Spike perde o interesse em nós e prefere afiar as garras no meu travesseiro. Pedaços de espuma viscoelástica voam em minha direção, mas eu os ignoro porque os olhos de Sophia brilham ainda mais com minhas palavras.

— Então não foi a maconha falando? — Ela confirma.

— Definitivamente não.

Ela morde o lábio, me tentando novamente. — E agora que o time é seu, você sente o mesmo?

Eu aperto as mãos dela nas minhas. — Sim, Joaninha. Eu te amo. Eu te amo mais a cada dia que passa. Eu te amo mais do que jamais poderia amar um golfinho. Ou uma baleia assassina, que, de acordo com um documentário sobre a natureza que vi recentemente, é na verdade uma espécie de golfinho.

Ela sorri. — Eu também. Eu te amo, quero dizer. E nenhum golfinho se compara a você também. Nem mesmo um golfinho que por acaso seja filósofo. Ou um viking. Mas se algum dia eu conhecesse um golfinho filósofo viking, então...

Eu a silencio com outro beijo.

Sophia

Olho para Donatello e April enquanto eles descem do navio para o que recentemente foi renomeado como Ilha TNM, pelo menos até que uma carta de cessação e falecimento faça seu novo proprietário renomeá-lo para algo que não seja marca registrada.

— Você acha que eles sabem o quão importante é esta ocasião? — Não pergunto a ninguém em particular.

A resposta de April é mastigar a grama das dunas próximas, ignorando o resto da linda praia selvagem à sua frente.

— Duvido. — Mason coloca sua mochila e caminha pela praia como se fosse o dono do lugar – o que recentemente ele é. A praia e toda a ilha.

— É claro que eles sabem que este é um grande dia — Rebate a Dra. Kelpcon. — Eles estão prestes a se juntar à prole que criaram diligentemente como salvadores de sua espécie.

Ignorando a grama, Donatello assume sua posição familiar atrás de April.

— Huh — digo. — Não parece que Don pense que a espécie foi suficientemente salva.

Quando a transa começa, a Dra. Kelpcon não resiste em dar às tartarugas suas dicas habituais e, como em casa, Mason e eu a deixamos sozinha, neste caso indo explorar o resto da ilha.

— Quer dar uma olhada na Lagoa Splinter? — Mason pergunta. — Ou o Golfo do Shredder?

Eu suspiro. — Quem é dono de *Tartarugas Ninja Mutantes* vai fazer você renomear todos esses pontos de referência, você sabe disso, certo?

Ele dá de ombros. — A lagoa tem esse nome em homenagem às lascas que você ganha quando ousa subir nas palmeiras, e não em homenagem ao sábio rato sensei que treinou certas tartarugas.

Reviro os olhos. — E Shredder?

— Fiquei sem contrato recentemente e este golfo celebra a aposentadoria da minha trituradora de papel favorita.

— Deixe-me adivinhar — digo. — TNM realmente significa Trupe Noturna Maravilhosa?

— Sim — diz ele. — O melhor burlesco do mundo.

Eu balanço minha cabeça. — Você acha estranho eu estar com ciúmes de uma performance fictícia onde você pode ver mulheres seminuas?

Ele bufa. — Eu nunca disse que o show burlesco apresentaria mulheres.

— Ah, o que eu estava pensando? Provavelmente são tartarugas sensuais em todo o caminho.

— Bingo — diz ele. — Agora… a lagoa?

— Claro. — Caminhamos até o local e depois nos sentamos em um banco com vista para o oceano enquanto um dos filhos de Donatello cruza nosso caminho.

OK. É melhor contar a Mason o que está acontecendo. Mas como ele vai reagir? Acho que há uma maneira de descobrir.

Inalo o ar salgado para ter coragem. — Há algo que eu queria falar com você.

Mason se afasta da vista e olha nos meus olhos, o que nunca deixa de animar as joaninhas na minha barriga.

— O que está acontecendo? Um problema com o período sabático?

— Não. A escola conseguiu alguém para me cobrir. — Eu puxo outra respiração. — O que tenho a dizer, como toda esta viagem, tem a ver com a continuidade de uma espécie. Neste caso, eles são o oposto de extintos, mas...

— Você está grávida? — Ele fica de pé.

Merda. Ele está chateado? Por que outro motivo iria...

Ele me levanta e me envolve em um abraço musculoso de urso.

— Isso é incrível! — Ele grita em meu ouvido.

Então, me soltando, ele faz a pergunta que eu mesma tive que responder quando percebi que tio Chico nunca veio me visitar. — Como?

— Acontece que antibióticos e pílulas anticoncepcionais não combinam bem — digo.

Sim, de alguma forma, eu não sabia disso, embora eu *saiba* o que significa "acosmismo". Apenas mostra como é prático um diploma de Filosofia.

Mason sorri para mim. — Você sabe se é menino ou menina?

É possível saber isso tão cedo? Acho que não sou a única que não conhece os fundamentos da procriação humana. — O palito de xixi parecia um pouco com um taco de hóquei. Então... talvez um menino?

A única outra vez que vi tal expressão de admiração no rosto de Mason foi enquanto assistia ao seu documentário favorito sobre a natureza. — As meninas também podem jogar hóquei. De qualquer forma, incrível.

— Sim. — Realmente será.

— Bem, então, também tenho algo para conversar com você. — Ele vasculha sua mochila até tirar uma pequena caixa preta.

Meus olhos se arregalam. — É aquele...?

Ele cai de joelhos. — O plano original era fazer isto nas falésias de Møns Klint, durante a nossa viagem à Dinamarca, mas se o hóquei me ensinou alguma coisa, foi como me adaptar.

Sem palavras, olho para ele e apenas assinto.

— Joaninha — Mason continua, seus olhos

cinzentos brilhando. —, você é o amor da minha vida e agora será a mãe do meu filho. Você me daria a maior honra e se casaria comigo? — Ele abre a caixa, revelando um diamante gigante incrustado em uma faixa que lembra uma espada.

Minha capacidade de falar retorna parcialmente, permitindo-me perguntar: — O que tem com a coisa da espada? — Aponto para o aro.

Mason me dá um largo sorriso. — Os vikings trocavam espadas como parte da cerimônia de casamento, então imaginei que poderíamos usar uma também como parte do nosso noivado.

— Uau! — Rituais de casamento na Dinamarca e viking? O homem tem todo um tema em mente. Quase grito, alto, mas modero minha resposta para um tom mais moderado: — Obrigada! É incrível.

Mason estreita os olhos. — Você não está esquecendo uma pequena formalidade?

— Ah, certo. — Pego o anel e coloco no dedo anelar. — Sim, Mason, vou me casar com você... com uma condição.

— Diga — diz ele solenemente.

Estou tão tonta de excitação que meus joelhos tremem. — Quero manter meu nome de solteira.

— Oh?

Eu dou a ele um grande sorriso. — Estou me divertindo muito vendo o desconforto dos meus alunos quando tentam me chamar de Professora Papachristodoulopoulou.

Mason ri e se levanta. — Você ganhou. — Ele olha

para minha barriga e inclina a cabeça. — E o bebê? Duvido que crescer com seu sobrenome tenha sido tão divertido.

— Bom ponto — digo. — É por isso que o pequenino será um Tugev.

— Isso funciona. — Ele aperta minhas mãos nas dele. — Agora, temos que comemorar.

Huh. — A última vez que comemoramos, você me deixou grávida.

— Isso significa apenas que não posso deixar você mais grávida. — Mason me puxa para ele para um beijo que significa o início de uma celebração que durará o resto do dia – e esta noite.

E provavelmente pelo resto de nossas vidas.

Agradecimentos

Obrigado por fazer parte da aventura de Sophia e Mason! Certifique-se de nunca mais perder um lançamento, inscreva-se na newsletter em www.mishabell.com/pt.

Se você quer mais histórias de Misha Bell, vire a página e leia trechos de outros livros hilários!

Trecho de Surfista Bilionário

Uma sobrecarregada mãe solteira da cidade de Nova York.
Um surfista bilionário da Flórida.
Poderá a mudança da maré unir esses dois?

Brooklyn
Ah, finalmente férias. Meu filho está no acampamento de verão. Agora é só sentar, relaxar e... entrar em uma discussão acalorada com meu locador do Airbnb?
Falando em calor, o sol da Flórida está fritando a minha cabeça ou é o homem lindo de morrer na minha frente?

Minhas amigas disseram que preciso de *Vitamina D*...

Mas minha vida é complicada, e nenhuma caça ao tesouro repleta de aventuras, sessões de amassos quentes ou conversas profundas sobre o oceano podem me convencer de que nosso caso de férias poderia durar. Especialmente quando Evan descobrir meu segredo.

Evan

Sou rico no papel, mas não vivo a minha vida como um típico bilionário. Nem saio com turistas. Principalmente aquelas que me confundem com um encanador e tomam meu café da manhã antes que eu tenha a chance de aplacar minha fome.

Brooklyn é argumentativa, rude, teimosa, linda, inteligente, divertida... OK, digamos que eu meio que gosto dela. Isso não muda o fato de ela estar aqui apenas por uma semana – ou de eu não ter contado a ela um fato importante sobre mim.

Mas se o surf me ensinou alguma coisa, é que é preciso aproveitar o momento antes que ele acabe. E se eu não quiser deixá-la partir?

———

No voo para Jacksonville, Reagan joga seu videogame enquanto eu faço o possível para não gritar com ele ou com qualquer outro espectador inocente. Graças à minha sorte, o Mar Vermelho chegou há poucas horas, me dando o tipo de cólica que, se você desse a um prisioneiro de guerra, iria contra as Convenções de Genebra.

Obrigada, corpo. Uma relaxante viagem de avião era pedir demais?

Olho para o meu pulso, onde está meu presente de aniversário do ano passado. É um Octothorpe Glorp, um monitor de fitness que deveria me avisar quando 'Tio Chico' chegasse. Muitas vezes, imagino o aparelho me respondendo com uma voz que é uma mistura de Richard Simmons e Gollum:

Minha querida Preciosa, se eu pudesse, guardaria todos os absorventes internos que você já usou em um santuário e colaria neles os sorrisos que recortei das minhas fotos favoritas suas. Infelizmente, quando se trata do recurso que você mencionou, eu apenas acompanho seus ciclos, não os prevejo.

Sofro o resto do voo tão estoicamente quanto posso. Assim que pousamos, alugo um carro e levo Reagan direto para o acampamento – um estabelecimento praiano e descontraído que toca Jimmy Buffett continuamente.

— OK, tchau — diz Reagan sem um segundo de hesitação antes de sair correndo para conferir o lugar.

Espero para ter certeza de que ele não volte correndo e me diga que não gosta do que vê. Não. Ele provavelmente pensa que já fui embora ou esqueceu completamente que existo.

— Ele terá acesso a um telefone — diz o conselheiro com aparência de escoteiro mais próximo, de forma tranquilizadora. — E temos o seu número em arquivo. Assim que ele estiver instalado, ele ligará para você. Pode ir.

Com um suspiro, volto para o carro e começo a dirigir.

Meu humor já estava péssimo, mas agora está pior do que o de um hipopótamo estressado, privado de sono e cheio de carrapatos. A natureza verde e idílica ao meu redor só me faz sentir um merda sobre onde eu realmente moro, assim como as estradas muito mais bonitas e mais limpas. Mas, então, quase atropelo um jacaré vivo e me sinto um pouco melhor com a comparação entre meu xará em Nova York e Palm Islet, Flórida, a pequena cidade ilustre onde serão minhas férias. O mesmo acontece quando um cervo tenta cometer suicídio em um carro alguns minutos depois, e quando a mulher no carro à minha frente para para resgatar uma tartaruga – sendo urinada no processo.

Tenho que amar a Flórida.

Acontece que meu Airbnb está localizado em um condomínio fechado, e a segurança feminina na entrada é tão meticulosa quanto uma oficial da segurança de aeroporto. Quando todos os meus papéis parecem estar em ordem, ela torce o nariz e murmura algo sobre a AMO (Associação de Moradores) geralmente proibir os aluguéis do Airbnb na comunidade, e que o meu é uma rara exceção à regra. Ela ainda me informa que a AMO geralmente cobra uma taxa de pernoite, mas que o proprietário do *meu* Airbnb está isento de "todas as regras".

Ah, a humanidade. Como os membros pobres da AMO dormem à noite? Enquanto parto, é preciso fazer um esforço para não perguntar se a AMO, neste caso, significa Autoridade Meticulosamente Orgulhosa.

Dirigindo pela comunidade, noto que as casas são encantadoras misturas de estilos espanhol, mediterrâneo e caribenho, e que todas têm gramados impecáveis – deve ser a mesma AMO governando com mão de ferro. Mas quando entro no beco sem saída onde meu Airbnb está localizado, o padrão monótono é quebrado. As casas número quatro e cinco na Gatorview Drive são gêmeas, e ambas têm cantos agudos, são cobertas por superfícies espelhadas e toneladas de cromo, e me lembram algo que você pode ver em um museu de arte moderna.

Como uma delas é minha, presumo que ambas pertençam ao mesmo proprietário isento de regras da AMO.

Meu humor melhora minuciosamente quando avisto o lago adjacente às duas casas, com a natureza intocada na margem oposta. A vista do meu Airbnb deve ser espetacular, embora um pouco menos do que a da casa vizinha.

Eu verifico meu rastreador de fitness para saber as horas.

Querida Preciosa deveria considerar tomar mais medidas, para apertar aquelas coxas suculentas para meu prazer de perseguir – quero dizer, de ver.

Droga. Cheguei muito cedo para fazer o check-in e está ficando muito quente. De acordo com Evan, que tem me enviado mensagens taciturnas em nome deste Airbnb, o código da fechadura da garagem só pode ser usado depois das onze e meia, mas até lá posso morrer de insolação.

Além disso, quero que as férias comecem, junto com o relaxamento associado.

Por que não testo esse código agora?

Caminhando até a garagem, digito o código e a porta se abre. Ponto para mim! Entre isso e a falta de carro na garagem ou na calçada, tenho quase certeza de que consigo entrar em casa.

Depois de estacionar na garagem, abro a porta da casa propriamente dita – que, segundo Evan, é a entrada que usarei para entrar e sair.

A porta leva direto para uma cozinha ultramoderna do tamanho de todo o meu apartamento, e ali, na ilha de granito, há uma variedade de deliciosas tapas.

Agora, esta é uma recepção elegante. Vejo um pedacinho de salmão grelhado, um prato de gigante plaki, um acompanhamento de arroz, uma variedade de picles, uma tonelada de pequenos pratos de vegetais e algo que parece e cheira exatamente como sopa de missô.

Tapa japonesa?

Dando de ombros, sinto o gosto do salmão enquanto aprecio a vista do lago através de uma janela do chão ao teto.

Estou com ciúmes dos floridenses mais uma vez. Em Nova York, seria preciso ser bilionário para ter algo próximo a esta casa com esse tipo de vista.

O peixe está divino, então provo cada um dos vegetais, que também estão incríveis. Até o feijão plaki está saboroso, e a sopa de missô é a melhor do gênero, doce e salgada na mesma medida.

De repente, ouço um farfalhar do outro lado da ilha. Que diabos?

A ilha está bloqueando minha visão, então, vou cautelosamente até o local de onde vem o som: uma pia que não consegui ver antes.

Eu suspiro.

Um homem está se levantando. Com base nas ferramentas espalhadas pelo chão, presumo que ele deva ser um encanador para consertar a pia.

Agora, admito que, até hoje, se eu fosse forçada a imaginar um encanador na minha cabeça, ele (isso é sexista?) pareceria o Super Mario com um bigode de desenho animado, macacão e tanto apelo sexual quanto um peixe-bolha.

Este encanador, entretanto, deve ser o homem mais gostoso que já vi.

Seus olhos são do azul-claro de um Husky Siberiano, seu cabelo tem o tom descolorido pelo sol da pelagem de um Golden Retriever e seus traços faciais angulares e nítidos são divinos, sem analogias de cachorro. Infelizmente, seus ouvidos estão cobertos por fones de ouvido, mas aposto que eles também são divinos. Ah, e seu peito nu ostenta um exército de músculos brilhantes que inclui um tanquinho. Além disso, seus mamilos estão duros.

Correção, *meus* mamilos que estão duros.

Ao me ver, ele franze a testa, mas faz até mesmo o mal-humorado parecer bem. Então, seu olhar recai sobre o que resta das tapas e seus olhos lançam raios de gelo para mim.

— Quem é você? — Ele pergunta em um rosnado baixo que de alguma forma consegue ser sexy. — E por que você comeu a porra do meu café da manhã?

———

Surfista Bilionário está disponível. Visite nossa página www.mishabell.com/pt/ para saber mais.

Trecho de Uma Babá para o Bilionário

Lilly

Uma oportunidade única de poder arrasar com o bilionário que tomou a casa dos meus pais? Sim, por favor! O idiota ganancioso e arrogante pensa que estou aqui para uma entrevista de emprego como treinadora de cães (mais conhecido como babá), mas ele não perde por esperar.

E daí que Bruce Roxford é alto, musculoso e bonito? Nada vai me impedir de dizer a ele o que penso – nem mesmo seu adorável cachorrinho Chihuahua, a quantia insana que ele está oferecendo pelo trabalho ou seus lindos e profundos olhos azuis...

Junte tudo isso? Estou em apuros.

Bruce

Lilly Johnson está cinco minutos atrasada para nossa

entrevista agendada e nunca contratei um funcionário atrasado. Mas antes que eu possa mandá-la embora, meu cachorro Chihuahua se apaixona por ela.

Sim, apenas o Chihuahua.

Esta mulher é pouco profissional, difícil, sarcástica... e por alguma razão, impossível de eu tirar da minha mente.

Então, é claro, eu a contratei como treinadora do meu cão. O quão ruim essa ideia pode ser?

———

Como diabos ele é tão gostoso? Tudo sobre Bruce Roxford é frio como gelo, desde seus olhos azuis árticos até a carranca glacial em seus lábios. Até mesmo seu cabelo escuro e penteado para trás tem um brilho frio azul-escuro, em vez dos habituais tons castanhos quentes.

— Sim? — Ele pergunta imperativo, intencionalmente não abrindo mais a porta da frente.

Por que ele está agindo como se seu pessoal de segurança não tivesse anunciado quem eu era? Sem mencionar que temos hora marcada – e não é como se houvesse pessoas aleatórias entrando e saindo de sua enorme propriedade.

Fazendo o possível para não tremer com o frio que ele exala, digo: — Sou Lilly Johnson.

Sem resposta.

— A treinadora de cães.

Silêncio.

— Estou aqui para uma entrevista com Bruce Roxford?

O que não digo é que a entrevista é apenas um pretexto para dar uma bronca no desgraçado sem coração. O banco dele tomou minha casa de infância, então, quando vi seu anúncio procurando alguém na minha área, eu sabia que era o destino.

Talvez eu devesse xingá-lo agora?

Não. Ele bateria a porta na minha cara e mandaria seu segurança me escoltar para fora do local. Preciso tê-lo como público cativo. Antes de vê-lo pessoalmente, pensei em nos trancar em um cômodo e ler a nota que redigi cuidadosamente para a ocasião. Dessa forma, não esqueceria nenhum insulto ou acusação. No entanto, agora que estou cara a cara com esse enorme espécime masculino de ombros largos, tenho menos certeza de estar sozinha com ele, especialmente em uma situação hostil.

Ele levanta o braço musculoso na frente do rosto e franze a testa para o relógio A. Lange & Sohne. — Você está atrasada. Adeus.

As palavras me atingem como fragmentos de granizo.

— Atrasada cinco minutos — Retruco, orgulhosa de como minha voz está firme. — Tinha trânsito e...

— O trânsito é um fato tão previsível quanto os impostos. — Ele começa a fechar a porta na minha cara.

Eu inalo uma grande respiração. Não há tempo para ler todo o meu discurso. Uma versão rápida terá que ser suficiente.

Antes que eu possa soltar qualquer veneno, um borrão de penugem preta sai da pequena lasca entre a porta e sua moldura.

Um porquinho-da-índia?

Não. Está abanando o rabo e lambendo meus sapatos.

Oh, certo. É um cachorrinho – o que faz sentido pelo anúncio.

Meu coração salta. Este é um Chihuahua de pelos compridos – e lindo, com uma pelagem sedosa preta como breu, pelo branco no peito, uma cara que me lembra um pequeno urso e manchas marrons acima de seus olhos que parecem sobrancelhas curiosas. Melhor ainda, a falta de latidos e mordidas no tornozelo até agora me faz pensar que este pode ser o membro mais amigável desta raça em particular.

Eu me agacho e acaricio seu pelo celestial. — Olá. Quem é você?

O cachorrinho cai, revelando que ele é um bom *menino*, ao contrário de uma menina.

Uma dor agridoce aperta meu peito enquanto coço sua barriga lisa. Já se passaram cinco anos desde que perdi Roach, o amor canino da minha vida, e ele também era um Chihuahua – apenas muito maior, menos amigável com estranhos e com uma pelagem lisa.

Até hoje, sempre que me deparo com um novo

membro desta raça, um toque de tristeza mancha a alegria de conhecer um cachorro. Felizmente, por serem pequenos, poucas pessoas treinam Chihuahuas formalmente, então, nunca perdi um cliente por causa disso. De qualquer forma, a alegria vence rapidamente quando movo meus dedos para coçar o peito fofo do filhote, e ele começa a parecer um usuário de heroína.

— Você gosta disso, não, querido? — Sussurro.

Como sempre, minha imaginação me fornece a resposta do cachorro – que, por alguma razão desconhecida, é falada na voz impossivelmente profunda de James Earl Jones, também conhecido como Darth Vader:

Se eu gosto de massagens na barriga? Isso é como perguntar se eu gosto de uivar para a lua. Ou lamber minhas bolas. Ou comer um...

Em algum lugar bem acima de mim, ouço alguém soltar um suspiro exasperado.

Ah, merda. Esqueci onde estou. É uma ocorrência comum quando os cães estão envolvidos.

Endireitando-me em toda a minha altura (que, admito, mal chega a um metro e meio), olho desafiadoramente para os olhos azuis de meu inimigo – que parecem mais amplos agora, como buracos de pesca em um lago gelado.

— Como você fez isso? — Ele pergunta.

Nervosa, coloco uma mecha de cabelo atrás da orelha. — Fiz o quê?

Ele gesticula para o Chihuahua abanando o rabo. — Colosso nunca é amigável. Com ninguém.

Então talvez ele *seja* típico de sua raça. Eu sorrio, incapaz de me conter.

— Colosso? Quanto ele pesa, tipo novecentos gramas?

— Um quilo e duzentos — diz ele, a expressão ainda severa. — Você tem bacon nos bolsos?

Sentindo-me em um julgamento, puxo meus bolsos para mostrar que estão vazios. — Eu nunca alimento cães com bacon. Mesmo os tipos mais seguros têm muita gordura e sódio, para não mencionar outros aromas que...

— OK — Ele interrompe imperiosamente.

Eu pisco para ele. — OK o quê?

— Você está contratada.

Uma Babá para o Bilionário está disponível. Visite nossa página www.mishabell.com/pt/ para saber mais.